AF286036

O. F. Schwarz

Geständnisse im Stau

Roman

© 2025 O. F. Schwarz
Alle Rechte vorbehalten
ISBN: 978-3-7693-0828-0
Graphik & Layout:
Hannes Zellner, 2362 Biedermannsdorf
Foto: APA/picturedesk
Druck: Libri Plureos GmbH,
Friedensallee 273, 22763 Hamburg
Verlag: BoD · Books on Demand GmbH,
In de Tarpen 42, 22848 Norderstedt,
bod@bod.de

Es ist ein frostiger Freitagnachmittag gegen 17 Uhr im Jänner. Wild rüttelt ein kräftiger Sturm an den auf der dreispurigen Autobahn A1 kurz nach der Anschlussstelle Bramsche langsam in Richtung Norden dahinrollenden Fahrzeugen. Ein unglaublich dichtes und starkes Schneetreiben beeinträchtigt die Sicht enorm. Unterwegs auf der ersten Fahrspur ist auch Lorenz Haller, technischer Verkaufsleiter der Firma *Uni-Glass* in Bielefeld unterwegs.

Lorenz Haller, 51, ist ein Meter neunzig groß und hält sich durch Sport und gesunde Ernährung fit, was man auch an seiner schlanken Figur erahnen kann. Haller hat noch immer volles, brünettes, links gescheiteltes Haar, das er täglich föhnt. Er ist immer ordentlich rasiert, wenn er Kunden besucht, da hat für ihn ein gepflegtes Aussehen Priorität! Am Wochenende allerdings lässt er seinen Bart wachsen und wenn er durch einen angehängten Feier- mit Fenstertag dann drei Tage hindurch unrasiert herumläuft, ist ihm das auch egal! Haller hat ein volles Gesicht mit breiten, slawischen Backenknochen. Ein dichtes, dunkles Augenbrauenpaar liegt über seinen beinahe unwirklich leuchtenden blauen Augen, die durch seine 3-Dioptrien-Brillengläser Mitmenschen und Umgebung wie forschend betrachten. Über einem energischen Kinn lächelt, wenn er sich mit anderen unterhält, freundlich ein schmaler

Mund und manches Mal auch können sich viele seiner Gesprächspartner des Gefühls nicht erwehren, er mache sich über sie lustig! Die Handrücken seiner kräftig wirkenden, nervigen Hände sind stark behaart und diese Hände setzt er beim Sprechen und Erklären wie Werkzeuge ein: keine Sekunde kann er sie stillhalten und muss mit ihnen seine Worte unterstreichen!

Lorenz Haller ist nicht verheiratet. Bis zu seinem 25. Lebensjahr war für ihn nicht sicher, ob er sich mehr dem weiblichen oder dem männlichen Geschlecht verschreiben sollte? Aber dann kam eines Tages doch die für ihn endgültig beruhigende Klarheit durch die Eingangstüre eines indischen Restaurants: nämlich in Gestalt des hünenhaften, blonden Technikers eines seiner Großkunden namens Gernot Welvern: die beiden sahen sich an und im selben Moment hatte es gefunkt! Seit knapp 19 Jahren schon leben die beiden zusammen, es ist eine ehrliche und starke Liebe und Lorenz und Gernot sind in ihren Stammlokalen bei ihresgleichen gerne gesehen!

Lorenz Haller arbeitet seit nunmehr 24 Jahren für die Firma *Uni-Glass* in Bielefeld. Er trat in das Unternehmen nach seinem HTL-Abschluss als Assistenz der Verkaufsleitung ein. Nachdem sich im Laufe der Jahre herausgestellt hatte, dass ihm diese nicht immer unkomplizierte und aufreibende Tätigkeit einfach zu viel wurde, wollte er das Unternehmen verlassen. Die Geschäftsleitung jedoch bot ihm die Position des Verkaufsleiters an, da der aktuell tätige Chef Hallers in Frührente gehen wollte. Haller nahm an, macht seinen Job gut, allerdings ist er trotz weiterhin zufriedenstellenden Verkäufen unglücklich: er ist zu der Überzeugung gelangt, dass er im Grunde gar kein Verkäufer war! Mehr Erfüllung hätte er in einem technischen Entwicklungs-Job. Also, in solch einem Unternehmen, in welchem er selbst seine kreativen Entwicklungen vorschlagen und dafür sicherlich auch entsprechend belohnt werden würde! Ein kleines, angeborenes Problem jedoch hat Lorenz: sein allzu nettes, immer freundliches Wesen wird leider nur allzu oft sowohl von seinen Kollegen als auch von dem einen oder anderen Kunden zu Hallers Nachteil schamlos ausgenutzt!

Haller war auf seiner Verkaufstour insgesamt vier Tage unterwegs gewesen, bringt zwar wie meistens ein ausgezeichnetes Verkaufsergebnis mit nach Hause, aber nun spürt er deutlich seine Abgespanntheit: alle paar Minuten muss er kräftig gähnen und ein leichtes Ziehen im Kopf stört ihn! Er weiß, dass er mit seiner angestrengten Tätigkeit, die ja zu 90 Prozent in Büros abläuft, einfach zu wenig Sauerstoff bekommt! Und mit Gernot, seinem Partner, komme sie beide auch nicht gerade viel außer

Haus: sind sie doch geborene Couch-Potatoes: also, Spazieren, Wandern, etc., das sind Freizeitaktivitäten, die bei ihnen nicht gerade hoch im Kurs stehen! Und nicht nur physisch, auch psychisch fühlt er, dass ihm das kommende Wochende als erholsame Ausspannphase gerade richtig kommen wird!

****

Soeben wird auf dem eingestellten Sender die in mittlerer Lautstärke dahinplätschernde 5-Uhr-Tee-Musik mit dem Signet für Verkehrsdurchsagen unterbrochen:

Achtung Autofahrer! Auf der A1 ist es kurz vor der Anschlussstelle Holdorf zu einer Massenkarambolage gekommen. Mehrere Fahrzeuge sind beteiligt, auch zwei Tanklaster. Da große Explosionsgefahr besteht, musste die Autobahn total gesperrt werden! Die Auffahrt bei Bramsche wurde bereits gesperrt! Stellen Sie sich bitte auf eine längere Wartezeit ein! Wir werden Sie über den Stand der Dinge laufend informieren!"

Lorenz schließt kurz die Augen und atmet einmal tief ein und aus! Wenn die Kolonne schon jetzt so langsam unterwegs ist, dann kann das ja ein Mega-Stau werden! Bis zu der genannten Ausfahrt sind es noch etwa 35 Kilometer! *Das auch noch!* sagt er leise zu sich *Aber es wird egal sein, wo ich schlafe, oder? Da kann ich ebenso auch hier pennen! Also: Gute Nacht, Lorenz!*

Über die Freisprechanlage ruft er zu Hause an. Gernot hebt ab und Lorenz erklärt ihm die Situation:

„Hallo, Junge! Ich glaube, mich hat's eben erwischt auf der A1, kurz nach Bramsche: ich werde gleich in einem endlosen Stau stecken! Also, das Maximalste, was du zum Essen vorbereiten kannst, ist ein kalter Aufschnitt, ok?"

„Ich prüfe das natürlich nach, Lorenz!" scherzt Gernot „Könnte ja sein, dass du einen süßen Knaben kennengelernt hast und jetzt diesen Stau vorschützt?"

Lorenz muss lächeln! Das ist eben sein Gernot: ihn kann praktisch nichts erschüttern! Er ist ein ausgesprochen geduldiger, ruhiger Kerl und wieder muss Lorenz seinem Schicksal danken, dass es ihm solch einen wunderbaren Partner beschert hatte! Sie blödeln noch eine Weile herum, dann legt Lorenz auf. Er drückt den Knopf für die elektrisch zu betätigende Rückenlehne des Fahrersitzes und schnappt sich das auf der Rückbank liegende, gestickte Polster. Nun legt er sich bequem seitlich hin, verschränkt die Arme und schließt die Augen. *Dieser blöde Kopfschmerz,* denkt er, *wird durch ein gutes Nickerchen hoffentlich aufhören!* Es dauert keine 15 Sekunden und Lorenz schläft tief und fest den Schlaf des Gerechten!

Er weiß nicht, wie lange er so ruhen konnte, da wird an der Seitenscheibe der Fahrertüre heftig geklopft:

„Hey!" ruft ein vor dem Fenster stehender Mann im hochgeschlagenen Jackenkragen und deutet Haller an, die Scheibe herunterzulassen. Haller setzt sich auf, betätigt den Fensterheber und fragt eher unfreundlich in die eisige Kälte hinüber:

„Ja, bitte? Gibt´s vielleicht irgendein Problem?"

Der Mann im Alter von ca. 60 Jahren hat sich nun heruntergebeugt, reibt seine unbehandschuhten Hände aneinander und ruft:

„Hören Sie, die haben eben im Radio durchgesagt, dass es da vorne..." er deutet mit dem Daumen in Fahrtrichtung „...also noch kurz vor Holdorf, einen schweren LKW-Unfall gegeben hat und der Stau sich sicherlich nicht vor vier bis fünf Stunden auflösen wird!"

Haller zuckt mit den Schultern und meint:

„Ist doch ein Mist, wie? Aber, was tun wir? Gar nichts können wir tun, als dazusitzen und abzuwarten, oder?"

Eigentlich möchte Haller die Unterhaltung schnellstens beenden, denn die hereinströmende Kälte macht sich im Wageninneren rasch breit! Der Fremde nickt zustimmend und ruft durch den eisigen Sturm:

„Aber wissen Sie, die Frage ist ja nur, wieviel Sprit wir alle in unseren Tanks haben? Also, ich in meinem Wagen," nun deutet er mit dem Daumen nach hinten „hätte den Tank noch knapp viertelvoll, aber wenn das wirklich so lange dauert, besteht natürlich die Möglichkeit, dass mein Benzin noch vor Freigabe der Straße alle sein wird und was dann?"

„Tja," antwortet Haller gedehnt „ich hab da keine Angst, ich habe noch vor meiner Abfahrt von Bielefeld vollgetankt, weil ich bis nach Bremerhaven hinauf muss und möchte eigentlich nicht mehr anhalten!"

Der Mann draußen blickt einige Male nach links und nach rechts, dann legt er seine Hände auf die zu drei Vierteln heruntergelassene Seitenscheibe und meint:

„Hören Sie, Mann! Was halten Sie davon, wenn wir uns ein paar zusammentun, zum Beispiel vier Fahrer, und uns alle für eine gewisse Zeit in einen Wagen setzen. Die anderen Wagen brauchen somit keinen Sprit, dann wechseln wir nach der Reihe die Autos und brauchen somit alle zum Heizen nur einen Bruchteil des Treibstoffes, hey?"

Haller überlegt. *Der Mann hat eigentlich Recht!* denkt er *Das hier ist doch eine wirkliche Ausnahmesituation, oder?* Er ist kurz entschlossen, nickt und ruft:

„Gute Idee, Mann, super! Also, stellen Sie Ihren Wagen ab und rein mit Ihnen ins Gemütliche!"

Gleich darauf sitzen sie nebeneinander in Hallers angenehm geheizten Wagen!

****

Harald Battenberg, 64, ist ein unter-
setzter, blonder Typ mit bereits schütterem
Haarwuchs. Er wirkt eigentlich auf niemanden
besonders sympathisch und viele Entscheidun-
gen, sowohl beruflich als auch privat, setzt er
auf eher resolute Art durch. Es ist vielleicht
auch seine knarrende Stimme mit unangeneh-
mem Diskant, die - für seine Verhandlungs-
partner gleich erkennbar - keinen Widerspruch
duldet! Der Blick aus seinen meist zusammengekniffenen schwarzen Augen ist stechend
und wenn diese Augen einmal groß werden,
dann, ja dann ist es für sein Gegenüber von
Vorteil, die Besprechung schleunigst zu beenden und diese bis auf weiteres zu verschieben!
Battenbergs runder Kopf sitzt auf einem eigentlich nicht vorhandenen Hals und sein schmaler,
oft nur wie ein Strich wirkender Mund trägt
nicht eben zu einem lockeren und positiven
Verhandlungsklima bei! Battenberg ist eher ein
Einzelgänger: er hört sich zwar alle Argumente
seiner Untergebenen an, nickt zumeist zustimmend und entscheidet danach so, wie er es bereits lange vor dieser Besprechung entschieden
hat!

Battenberg ist Diplom-Chemiker und
einer der geschäftsführenden Gesellschafter des
über den gesamten Globus hin bekannten Che-
mie-Unternehmens *Worldwide Bio Solutions* in
Osnabrück. Er hat aber auch eine besondere

Charaktereigenschaft: er ist schwer cholerisch! Und mit seinen überraschenden Ausbrüchen hat er es sich bereits nicht nur mit einigen Kollegen kräftig verscherzt, sondern auch mit der Mehrzahl seiner Freunde und Bekannten! Und auch einige seiner obersten Vorgesetzten waren aufgrund der einen oder andren Explosion Battenbergs eher doch brüskiert! Aber der Diplom-Chemiker Dr. Harald Battenberg ist nun einmal eine Koryphäe auf seinem Gebiet und der Konkurrenz wollte man ihn keineswegs in den Rachen werfen! Also wurden und werden seine zwar intensiven, aber doch meist nur kurzen Anfälle von seinen Mitarbeitern ertragen und die Konzernleitung braucht sich keine Gedanken zu machen, ob Battenberg bleibt oder nicht: sein Gehalt nämlich ist eines der höchsten in der grundsätzlich schon nicht schlecht zahlenden Branche! Und somit bleibt der Vorstand des Chemie-Labors, Dr. Harald Battenberg, schön an der Leine!

Battenberg lebt seit knapp sechs Jahren alleine. Hella, seine Frau, hatte ihn mit der Begründung verlassen, er liebe seinen Job mehr als sie. Harald konnte das nicht so hinnehmen: er war, wie viele andere beruflich sehr engagierte Ehemänner auch, sicherlich das eine oder andere Mal zu lange abends im Labor geblieben. Aber die Anzahl dieser Abende war kein Grund für einen Ehepartner, sich aus dem Staub zu machen! Harald stellte Nachforschungen an und das Ergebnis war für ihn eigentlich gar nicht so überraschend: Hella pflegte bereits seit längerem ein intimes Verhältnis mit einem anderen Mann, kurioserweise mit einem gewissen Dr. Ehrlich aus Dinklage, Rechtsanwalt mit eigener Kanzlei. Harald machte keine langen Geschichten, man trennte sich einvernehmlich und jeder der Eheleute verzichtete auf jedwede Ansprüche. Und wer gedacht hätte, Harald könnte diese Phase seines Lebens als cholerischer Mensch ohne größere Probleme überstehen, täuschte sich gewaltig: Harald verfiel danach nicht nur ein eine tiefe Depression, er begann auch zu trinken. Und er nahm dann immer öfter und regelmäßig die Sitzungen der *Anonymen Alkoholiker* in Anspruch...

****

„Battenberg, Dr. Harald Battenberg, mein Name, *Worldwide Bio-Solutions*!" stellt sich Hallers neuer Beifahrer mit unangenehmer, knarrender Stimme vor.

„Haller, Lorenz Haller, Verkaufs-Chef bei *Uni-Glass*! Auch auf Dienstreise?"

„Richtig!" bestätigt Battenberg „Nur seit heute Morgen! Und schon wieder auf dem Heimweg zu Muttern nach Oldeslohe! Und jetzt das hier!" Er schüttelt verzweifelt seinen Kopf, hebt bedauernd die Arme und setzt hinzu: „Und gerade heute Abend habe ich bei mir zu Hause einen Kartenabend mit Freunden vereinbart!"

Haller nickt lächelnd:

„Und? Können Sie Ihre Freunde erreichen?"

„Klar! Besitzt doch heutzutage schon ein jeder ein Mobiltelefon und ich hab alle drei über WhatsApp informiert! Die Frage ist nur, was mache ich mit dem Schinken, mit den Salaten, mit der Sächsischen? Das kann ich doch nicht alles alleine vertilgen, oder?"

Haller verzieht bedauernd sein Gesicht:

„Ja, das tut schon weh, das kann ich verstehen, lieber Mann! Aber wenn Sie ein gutes Verhältnis zu Ihren Nachbarn haben, dann könnten Sie ja…"

„Nix da!" unterbricht ihn Battenberg rufend „Das sind doch alles total verkomplexte Arschgeigen! Die grüßen nicht, die reden einen nicht an, verstecken sich in ihren Höhlen und sogar an Weihnachten ziehen sie saure Gesichter, wenn sie einen vor dem Haus treffen!" Er nimmt sich kompliziert ein Papiertaschentuch aus der Hosentasche, schneuzt sich kurz und fährt fort: „Sie müssen wissen, ich wohne in einer Reihenhaussiedlung, da klebt doch der Eine am Anderen, daher: Privatsphäre praktisch null!"

„Tja," fügt Haller nachdenklich hinzu „solche Lebensumstände erfordern eben ein gerüttelt Maß an Toleranz, Geduld und auch an Altruismus!"

Einige Sekunden herrscht Schweigen, dann fragt Battenberg:

„Und was soll das dann sein, Ihr Atrul… Arlut…?"

„Altruismus!" klärt Haller ihn auf „Das ist die Einstellung, dass man die Belange und das Wohlergehen anderer Menschen für wichtig erachtet!"

„Pfff!" macht Battenberg mit Kopf-schütteln „Das Wohlergehen dieser Idioten soll ich akzeptieren oder gar für wichtig erachten? Hören Sie, guter Mann, da sollten Sie einmal ein paar Tage bei mir wohnen! Danach werden Sie Ihren Allurtis…Atrumus… ach was…" seine wegwerfende Handbewegung zeigt deutlich sein Desinteresse an dieser ethischen Einstellung „...den werden Sie aber schnell in den Mülleimer tun!"

Haller lächelt verständnisvoll und gibt keine Antwort. Möglicherweise dürfte es gar nicht so angenehm sein, mit diesem Typen zusammen zu leben, oder? Und natürlich weiß der selbst das nicht! Wie die meisten Menschen nicht wissen, ob und wie sie ihren Mitmenschen auf die Nerven gehen!

****

Das folgende Schweigen wird durch starkes Klopfen an der Scheibe der Beifahrerseite unterbrochen: draußen kann man im Schneetreiben eine junge Frau erkennen, die sich mit den Armen ihren dünnen Mantel um ihren frierenden Körper presst! Battenberg lässt sein Fenster ein wenig herunter und fragt:

„Nun, liebe Frau? Was soll's denn sein?"

Die Frau zittert am ganzen Leib, mit ihren verschränkten Händen schließt sie ihren Mantelkragen um den Hals und ruft:

„Sagen Sie, meine Herren, haben Sie vielleicht Platz für mich, solange der Stau noch dauert? Ich steh´ da hinten als zweiter, gleich hinter dem großen grauen Wagen! Ich hab nur mehr wenig Sprit im Tank und wenn der aufgebraucht ist, komm ich ja nicht einmal mehr von der Autobahn runter! Geschweige denn, nach Hause! Aber ohne Heizung im Wagen friere ich mich zu Tode!"

Battenberg blickt kurz hinüber zu Haller, dieser nickt sofort, Battenberg wendet sich wieder der Frau zu und deutet nach rückwärts:

„Na, dann aber rein jetzt, bevor Sie sich noch zu einem Eiszapfen verwandeln!"

Beata Polgar, 37, ist mittelgroß, hat kurz geschnittenes, rötliches Haar mit eingearbeiteten grünen Méchen darin. Ihre Hakennase und die eng zusammenstehenden Augen verleihen ihrem Gesicht ein habichtähnliches Aussehen.

Mit ihrem schmalen Mund und den sehr dünnen Lippen wirkt ihr gesamtes Auftreten eher verkniffen, aber das täuscht: Beata ist ein lebenslustiger, leider oft zu lauter Typ, der es auch mehrmals in der Woche in ihrem Stammlokal schon ordentlich krachen lässt! Und dies natürlich mit Unterstützung häufig geleerter Gläser Weines jedweder Qualität!

Beata, geborene Weintzmann, entstammt einer eher einfachen Arbeiterfamilie aus Oldenburg. Nachbarn bezeichnen diese Familie als schwere Proleten ohne Anstand, Gefühl oder Willen zur regelmäßigen Arbeit! Mit 19 Jahren verliebte Beata sich in Reinhold, einen primitiven Amateur-Boxer, der ihr bereits bald nach der Hochzeit mit gezielten Schlägen klar machte, wer im Hause der Herr sei! Und dass Beata überhaupt nur zum Kochen, zum Putzen und für seine sexuellen Vorlieben da zu sein habe! Nach der Geburt ihres ersten Kindes, der süßen Anna, verzichtete Beata gerne auf die rohen Erziehungs-Methoden ihres Ehegatten und ließ sich scheiden. Ihr großes Glück war, dass der schwerst beleidigte und in seiner zweifelhaften Ehre zutiefst gekränkte Faustkämpfer beim Versuch, Beata abfangen und ihr ein paar Erinnerungs-Hiebe verpassen zu wollen, unvorsichtig die Hauptstraße überquerte und unter einen 40-Tonnen-Tankwagen geriet! Damit war Beatas neues Leben um einiges einfacher. Aber ihr vergangenes Leben hat Spuren hinterlassen: Beata arbeitet zwar brav als Hilfsarbeiterin in einer Süßwarenfabrik, ihr Einkommen jedoch reicht eben gerade aus, um sie und ihre Tochter Anna nicht verhungern zu lassen! Beata trinkt - von ihren Kneipen-Bekanntschaften zumeist eingeladen - und raucht viel zu viel in ihrem im Erdgeschoß ihres Wohnhauses unten an der Ecke gelegenen Stammlokal, während oben die Kleine unruhig schläft! Ein unangemeldeter Besuch vom Fürsorgeamt hätte unweigerlich die Wegnahme ihrer Tochter nach sich gezogen!

Gleich darauf sitzt die Frau im Fond und reibt sich ihre Hände:

„Das ist aber wirklich nett von Ihnen, meine Herren!" sagt sie mit noch zitternder Stimme „Ich bin Beata Polgar aus Oldeslohe und werde wieder Probleme mit der Kindergartenleitung haben, wenn ich meine Kleine heute nicht rechtzeitig abhole!"

Die beiden Männer nicken nur und Polgar fährt fort: „Mein Mann hatte ja immer gesagt, vor einer Autobahnreise soll man volltanken, oder?"

Battenberg hat sich halb umgedreht, lacht kurz auf und meint:

„Also, erstens: wieso *wieder Probleme mit dem Kindergarten* und zweitens: da hatte

21

Ihr Mann aber schon recht! Und was sagt er *heute* dazu?"

Haller hat, ebenso wie Battenberg, die Formulierung *hatte* vernommen, möchte sich jedoch dazu nicht äußern. Im Gegensatz zu seinem eher rustikalen Nachbarn, der nun anzüglich fragt:

„Also, wenn er das gesagt *hatte*, was sagt er denn *heute*?"

Natürlich hat ihre neue Insassin die Spitze bemerkt, lässt sich dadurch aber nicht aus der Fassung bringen und antwortet gelassen:

„Heute? Heute sagt er gar nichts mehr! Er war ein Egozentriker, äußerst gewalttätig und als er die Scheidung nicht verkraften konnte, wollte er mir an den Kragen. Dabei war er doch unvorsichtig: er wollte über die Straße zu mir herüber, um seine Ehre zu retten, indem er mir, so wie er es eben gewohnt war, ein paar Dinger verpassen müsste. Dabei hat er sich glücklicherweise mit einem 40-Tonner angelegt, der gerade vorbeikam und ich hatte meine Ruhe! Genügt das für Sie, mein Herr?"

In diesem letzten Satz klingt Ironie mit, Haller beobachtet sie durch den Rückspiegel und auch sie blickt ihn an, wobei sie ihr Gesicht zu einer fadisierten Miene verzieht! Battenberg gibt sich zufrieden und fragt weiter:

„Was für einen Wagen fahren Sie denn?"

„Einen Datsun Cherry, einen Diesel!"
kommt prompt die Antwort.

Battenberg verzieht sofort das Gesicht:

„Ojojoj!" ruft er mit leidender Miene „ich
glaube, den gibt es ja schon ein halbes Jahr-
hundert nicht mehr zu kaufen, oder?"

Dabei blickt er mit überlegener Miene
Haller von der Seite an, dieser aber zuckt nur
kurz mit den Schultern und entschlägt sich einer
Stellungnahme! Die junge Frau beugt sich nun
vor und sagt leise zu Battenberg:

„Ich weiß ja nicht, wieviel Sie verdienen,
lieber Mann, aber würden Sie als Hilfsarbeiterin bei *Bauers Süßwaren* im Lager schuften,
könnten Sie auch keinen *Rolls Royce* fahren,
oder?"

Langsam scheint Battenberg wieder in ge-
ordnete Denkschienen zu kommen und erwidert:

„Ja, natürlich, liebe Frau, ist doch klar!
Entschuldigen Sie bitte meinen dummen Kommentar, ok? Es tut mir leid!"

„Ach was! Nix für ungut!" meint Polgar
„Ich komm schon irgendwie zurecht mit meinem Gehalt, was bleibt mir schon über? Gibt's
eben keine so großen Sprünge wie Urlaub auf
Malle oder Sylt und so weiter, nicht? Da muss
das Freibad am Stadtrand eben auch genügen!"

„Das finde ich anständig, so wie Sie das
schildern, Frau Polgar!" schaltet Haller sich ein

„Ich bin auch der Meinung, dass sehr, sehr viele Menschen besser und ruhiger leben könnten, würden sie sich finanziell ganz einfach nach der Decke strecken, nicht wahr?"

Die letzten Worte hat er an Battenberg neben ihm gerichtet. Dieser bestätigt nickend und schlägt sich plötzlich mit der flachen Hand auf die Stirn:

„Na so etwas Dummes!" ruft er „Wir haben uns ja noch gar nicht vorgestellt! Also, das hier ist Herr Lorenz Haller und ich bin Harald Battenberg! Ich selbst komme, so wie Sie ja auch, aus Oldenburg. und Herr Haller…?"

„Aus Bremerhaven, sagte ich bereits!" vervollständigt dieser und setzt hinzu: „Also, wie ich das sehe, habe ich von uns allen noch die meisten Kilometer vor mir und wäre froh, könnte ich jetzt ein wenig dösen, damit ich nicht noch kurz vor meiner Ausfahrt einschlafen sollte! Können Sie damit leben?"

Beide, Polgar und Battenberg stimmen zu, Haller richtet sich in seinem Sitz gemütlich zurecht und schließt die Augen. Nur kurz blitzt in seinem Kopf der Gedanke auf, die beiden könnten ihn ausrauben? Gleich jedoch gibt er sich selbst die Antwort: und? Wo wollten die beiden denn hin, bei dem Wetter da draußen? Aber auch seine beiden Insassen haben sich für eine gemeinsame Ruhephase entschieden und versuchen, ein wenig zu schlafen.

Es vergehen keine zehn Minuten, da wird an der Scheibe der Fahrertüre geklopft! Haller hört es nicht gleich, erst nach weiterem starkem Klopfen kommt er zu sich. Er lässt die Scheibe herunter und sieht draußen im dichten Schneetreiben einen ca. 30-jährigen Mann in schwarzer Lederjacke mit hochgestelltem Pelzkragen.

„Na? Was soll's denn sein?" fragt Haller, aber er weiß es natürlich schon! Battenberg und Polgar sind hellwach und beobachten gespannt die Szene! Der junge Mann hat seine Hände in den Taschen seiner Jeans vergraben und fragt nun mit hochgezogenen Schultern und etwas heiserer Stimme:

„Entschuldigen Sie bitte die Störung, aber ich bin der dritte Wagen hinter Ihrem! Und ich sah vor kurzem, dass Sie alle sich in diesem Wagen versammelt haben und ich folgere daraus Schluss, dass Sie erstens Treibstoff sparen und zweitens sich gemeinsam wärmen und unterhalten wollen! Stimmt's, oder habe ich recht?"

Dabei zeigt er ein derart offenes Lächeln, dass Haller nicht anders kann als zu antworten:

„Junger Mann! Alles stimmt, Sie haben richtig kombiniert! Und so wie ich das jetzt erkenne, würden auch Sie sich gerne zu uns gesellen, um Sprit zu sparen?"

Der junge Mann zeigt ein entwaffnendes Lächeln und nickt dazu!

„Also, rein mit Ihnen!" ruft Haller hinaus „Nur, was das Unterhalten anbelangt, da müssen Sie vorerst einmal auf mich verzichten: ich brauche jetzt eine Mütze Schlaf! Aber das stört Sie hoffentlich nicht?"

Georg *Skiffo* Schinnik, 26, unfertiger Jus-Student, verkörpert genau den Typ des Blumenkindes der 68-er-Generation: großgewachsen, mehr dünn als schlank, mit blondem, glatt zurückgekämmtem Haar, das er mittels eines Gummirings hinten zusammengefasst hat. Sein Blick aus den zumeist halb geschlossenen, dunklen Augen wirkt langsam und nachdenklich. Sein breiter Mund mit vollen Lippen zeigt geöffnet zwei Reihen schlecht gepflegter Zähne, darunter trägt Schinnik einen ebenso schlecht gepflegten Spitzbart nach Art italienischer Adeliger. Ihm wäre eine ruhige, gut bezahlte und sichere Juristen-Laufbahn beschieden gewesen. Seine zuvorkommende Art mochten seine Kolleginnen und Kollegen im Justizministerium. Mit 24 Jahren brachte er von einem Urlaub auf den Philippinen Miloe, eine 20-jährige, hübsche Prostituierte aus Manila, mit nach Hause. Seine Eltern waren anfangs entsetzt, letztendlich aber akzeptierten sie seine neue Verbindung und alle lebten in vernünftigem Frieden gemeinsam im Elternhaus! Aber schon ein paar Wochen danach wurde Georg fristlos entlassen! Die Gründe dafür waren eindeutig: bei ihm war im Zuge einer Alkohol-Kontrolle Rauschgift im Blut festgestellt worden! Seine Miloe allerdings ahnte den kommenden finanziellen Untergang und die Erfahrung ihres bisherigen Lebens sagte ihr: ohne Geld kein Überleben! Und damit war sie von einem auf den anderen Tag verschwunden!

Aber Georg brauche nicht zu hungern: Er ist ein exzellenter Schlagzeuger und abendliche Engagements bei diversen Jazz- und Rock-Bands sicherten ihm bis heute den gerade ausreichenden Lebensunterhalt.

Heute ist Georg auf der A1 zu einem gut bezahlten Engagement der bekannten Fünf-Mann-Band *The Golden Sixties* anlässlich einer Hochzeitsfeier in einem Hotel in Lohne unterwegs. Aufgrund der beunruhigenden Wettervorhersagen ist Georg schon etwas früher in Richtung Lohne abgereist

Der junge Mann hat die hintere linke Wagentür bereits aufgerissen und sich auf den Rücksitz hineingeschwungen! Schnell schlägt er die Türe wieder zu, da der eisige Wind sofort einen kräftigen Schwung Kälte ins Wageninnere bläst! Jetzt sieht er alle Insassen interessiert an, reibt seine Hände aneinander und sagt:

„Schinnik mein Name! Georg Schinnik, genannt *Skiffo*!"

Battenberg dreht sich halb zu dem links hinter ihm sitzenden neuen Insassen um, zieht seine Augenbrauen hoch und fragt mit ironischem Unterton:

„*Skiffo*? Aha! Also, solange bin ich auch schon auf der Welt, dass ich mir jetzt etwas denken darf, mein lieber Herr, und...denke ich richtig?"

Schinnik grinst und bestätigt Battenbergs Vermutung:

„Richtig, lieber Herr, richtig! Aber in meiner Branche, da geht man eben ein bisschen lockerer mit dem Zeug um, als vielleicht in Ihrer, oder?"

Haller hat ruhig zugehört und schaltet sich jetzt in das Gespräch ein:

„Also, zuerst einmal: die junge Dame ist Frau Polgar, neben mir sitzt Herr Battenberg und ich bin Lorenz Haller! Ich nehme an, Sie sind Künstler?"

„Ich bin hochoffiziell Schlagzeuger, Musik-Richtung egal!" gibt Schinnik zur Antwort und in seiner Stimme klingt so etwas wie Begeisterung mit: „Und heute Abend soll ich mit einer Band in Lohne auf der Hochzeit in einem Hotel zum Tanz aufspielen! Aber ich glaube, da wird heute nichts daraus und mir gehen wieder einmal zweihundert Euronen durch die Lappen!" Er macht eine resignierende Geste mit seinen Armen und setzt hinzu: „Tja, Musiker zu sein, ist manches Mal schon ein hartes Brot, Herrschaften!"

Dabei dreht er sich zu Beata Polgar hin, betrachtet ein paar Sekunden ihre ärmliche Kleidung und fragt mit geschürzten Lippen, hochgezogener Nase und eher abfälligem Ton:

„Wo kommen Sie denn her?"

Beata schweigt zuerst, nickt mit gesenktem Kopf, dann sieht sie Schinnik direkt an und antwortet:

„Ich komme aus Ulaanbataar, das liegt in der Mongolei, Sie Junkie! Ich bin auf dem Weg nach Kirgistan, dort heirate ich den König des Landes und auf unserer Hochzeit spielt eine total zugedröhnte Band! Denen fehlt noch so ein Schlagzeuger, wie Sie einer sind!"

Haller und Battenberg müssen hellauf lachen! Das war wirklich schlagfertig von der Kleinen da hinten! Und wenn sie erwartet hätten, dass Schinnik beleidigt reagieren würde, haben sie sich ordentlich getäuscht! Dieser nämlich lacht ebenfalls kurz hellauf, nickt anerkennend, lehnt sich gemütlich zurück und antwortet:

„Touché!" ruft er „Danke! Vielen Dank! Das war ausgezeichnet pariert, liebe Frau! Ich gestehe meine Niederlage offen ein, entschuldige mich hochoffiziell und lade Sie auf einen Drink in einer Bar in Ulaanbataar ein, einverstanden?"

Damit hält er ihr seine Hand als Friedensgeste hin und Polgar schlägt sofort ein.

„Polgar heiße ich, Beata Polgar aus Oldenburg! Und Sie? Wenn Sie nicht gerade auf einer Bühne Menschen mit Ihrer Trommlerei aufwecken, wo schlafen Sie hochoffiziell?"

Schinnik sieht sie mit schelmischem Blick von der Seite an und antwortet:

„Ich komme aus Rheine! Ich wohne dort mit meiner Silvie und wir sind verlobt!" Jetzt erfährt sein Gesicht unvermittelt einen verklärten Ausdruck: „Sie ist meine kleine Wundermaus mit ihrem sanftmütigen, asiatischen Wesen! Ich hab sie von Bangkok mitgebracht! Sie kocht traumhaft gut und scharf und spricht schon beinahe fehlerfrei Deutsch!"

Polgar verdreht ihre Augen gen Himmel, Haller kann das wieder im Rückspiegel verfolgen und lächelt in sich hinein! Schinnik jedoch fährt fort:

„Wenn ich sage einladen, dann meine ich das auch so, liebe Frau! Und meine Herren: Sie sind ebenfalls eingeladen!"

****

Damit öffnet er die Türe und springt aus dem Wagen. Nachdem er die Türe zugeschlagen hat, läuft er nach hinten, augenscheinlich zu seinem eigenen Wagen! Schon bald ist er zurück, ist schnell eingestiegen und sitzt nun, einen mit Whiskey gefüllten Flachmann in der Rechten, hinter Haller. Battenberg hat sich zu ihm umgedreht, bemerkt die Flasche und macht große Augen:

„Hey, hey, Junge! Jetzt kommen wir uns aber schnell näher! Zur Sicherheit wärmen wir uns jetzt auch gleich von innen, oder was?"

Schinnik grinst, öffnet den Schraubverschluss und reicht die Flasche zuerst seiner Sitznachbarin:

„So ein Schluck hintern Kragen, wärmt sicher den Magen!" sagt er sein Sprüchlein auf „Keiner, meine Herrschaften, braucht sich hier zurückhalten: im Wagen hab ich noch genügend davon in Reserve!"

Damit deutet er Polgar an, die Flasche zu nehmen. Zu Hallers Überraschung zögert sie nicht eine Sekunde, setzt die Flasche an und macht ein paar kräftige Schlucke! Sie setzt die Flasche ab, lässt höchst genussvoll, aber unfein aus der Kehle laut ihren Atem heraus und gibt Schinnik die Flasche zurück. Battenberg hat sich nun ganz umgedreht, verrenkt sich total in seinem Sitz und Haller bemerkt erstaunt, dass Battenbergs Hände zittern! Und auch war er sich nach Trinkerart einige Male mit der Hand über den Mund gefahren! Schinnik nickt wissend, grinst und hält Battenberg den Flachmann hin. Welch genauen Erfolg Battenbergs Besuche bei den *Anonymen Alkoholikern* haben, ist diesem momentan egal: er macht es Polgar nach und schon ist die Falsche nur mehr zu einem Drittel voll!

Nun kommt Haller an der Reihe! Battenberg hält ihm die Flasche hin, dieser nimmt sie und macht einen kleinen Schluck. Ihm brennt der Whiskey die Kehle hinunter und so richtig ist das nicht Seines! Danach reicht er die Flasche über seine rechte Schulter Schinnik zurück. Dieser setzt sie an und Haller kann im Rückspiegel sehen, wie Schinnik beim Trinken genussvoll seine Augen geschlossen hält! *Was ist das hier?* fragt sich Haller erstaunt *Bin ich umgeben von Trinkern und Junkies? So wie die drei dem Alkohol zusprechen, so trinkt doch kein Normalbürger!*

„So, meine Herrschaften!" sagt er nun laut „Ich habe nichts gegen Ihre kleine Stau-Party, aber wie schon gesagt, ich brauche ein Mützchen Schlaf und ersuche Sie, für vielleicht eine halbe Stunde die Lautstärke auf das Minimum runterzufahren, ok?"

Allgemeine Zustimmung folgt auf seine Bitte und Haller richtet sich wieder zum Schlafen ein, jetzt allerdings nicht mehr ganz so gemütlich: hinter ihm sitzt Schinnik und daher kann er seine Lehne nicht mehr weit genug zurückklappen! Aber er ist müde und seine Kopfschmerzen sind noch nicht weniger geworden! Und interessanterweise meint er, die Wirkung des Whiskeys zu spüren: seine Augen werden schwer und gleich ist er eingeschlafen!

****

Battenberg beobachtet Haller noch kurz, dann dreht er sich um zu Schinnik, deutet mit der für Trinker typischen Hand-Kipp-Bewegung an, dass er noch etwas vertragen könnte und fragt leise mit verschmitztem Lächeln:

„Junge! Das war zwar ein guter Schluck, aber hier auf der A1 möchte ich auch nicht vertrocknen, oder?"

Dabei zwinkert er mit dem linken Auge, sodass nicht nur Schinnik, sondern auch Polgar seinen auffordernden Blick sehen können! Schinnik greift neben sich auf den Sitz und reicht Battenberg den Flachmann. Dessen Hand ist bereits viel ruhiger geworden, er nimmt wieder einen gehörigen Schluck zu sich, wendet sich um und sieht Schinnik fragend an! Dieser nickt und Battenberg reicht die Flasche nach hinten zu Polgar. Sie beginnt zu grinsen, nimmt den Flachmann, setzt ihn an und…trinkt die Flasche leer! Und wieder lässt sie danach das bekannte und höchst unfeine „Aaaaaah!" los, hält die leere Flasche in der Rechten und sieht Schinnik fragend an. Dieser zuckt mit den Schultern, öffnet vorsichtig seine Türe und steigt aus. Nach einer Minute ist er wieder zurück mit einem neuen Flachmann! Gleich dreht er den Schraubverschluss auf, setzt an und nimmt einen gewaltigen Schluck zu sich! Jetzt meldet Polger sich und fragt leise, damit sie Haller nicht aufweckt:

„Hört mal, Brüder, wir sitzen da jetzt sicherlich noch mindestens drei, vier Stunden beisammen, haben es lustig mit den Flachmännern und ich denke, da könnten wir doch wirklich per Du sein, oder?" Sie wartet die Reaktion ihrer neuen Bekannten nicht ab und stellt sich vor: „Also, ich bin Beata und Prost!"

Schinnik hat verstanden und reicht ihr die Flasche. Nachdem sie sich bedient hat, legt sie die Flasche vorsichtig nach vorne in Battenbergs Hand, die bereits über seine linke Schulter nach hinten langt und auf den Flachmann wartet!

Okay!" meint er und muss ein bisschen rülpsen „Das ist ja eine gute Idee, liebe Frau: Whiskey und Du-Wort, eine solche Kombination schweißt die Menschen zumeist schon zusammen, oder? Also, ich bin Harald!"

Der Flachmann ist wieder bei Schinnik gelandet, dieser setzt kurz an, nimmt einen kleinen Schluck und stellt sich leise vor:

„Ich heiße Georg, aber, wie ihr ja bereits wisst, rufen mich meine Freunde *Skiffo* und ich denke, dabei belassen wir es, ok?"

Ein dem seligen Schlaf Hallers geschuldetes, vorsichtiges Kreuz-über-Kreuz-Händeschütteln zwischen Vorder- und Rücksitzen hebt an und an den Kommentaren dazu kann man heraushören, dass ab sofort der Whiskey die Klarheit der Aussagen bestimmen wird!

Während Skiffo die Flasche wieder verschließt, meint er:

„Also, ich weiß nicht, Leute, aber seit einigen Minuten hab ich Kopfschmerzen! Denkt Ihr, das kann vom Flachmann kommen? Ob da nicht ein böser Geist drinnen ist?"

Alle drei lachen kurz und Harald tippt sich mit den Zeigefingern links und rechts an die Schläfen:

„Also, eines weiß ich sicher, Herrschaften: mit diesem bekannten Geist bin ich aber noch immer fertig geworden!"

Haller schläft tief, ja er lässt sogar von Zeit zu Zeit ein leises Schnarchen vernehmen! Er stört die Fraternisierung überhaupt nicht und seine drei neuen Bekannten beginnen nun, Witze zu erzählen! Ja, und es muss eigentlich so kommen: bei einem von Skiffo gebrachten Witz - weit unter der Gürtellinie - müssen alle so laut lachen, dass Haller aufwacht! Ein paar Sekunden blinzelt er, dann kommt er ganz zu sich und richtet sich in seinem Sitz ganz auf! Nun beginnt er, demonstrativ zu schnüffeln und meint dazu:

„Also, meine Herrschaften,…hier riecht es ja wie…wie in einem Schnapsladen! Das kann aber nicht von nur einem Flachmann herrühren, oder wie?"

Die drei beginnen zu prusten, werfen sich in ihren Sitzen zurück und können gar nicht aufhören! Haller erkennt, dass die drei sich ganz schön was angetrunken haben müssen! Aber er kann ihnen nicht böse sein, das hier ist nun einmal eine außergewöhnliche Situation!

„Hört mal her, Leute!" ruft er in deren Gekicher hinein „So wie ich das sehe, stehen wir nun schon über eine Stunde, ohne dass sich an unserer Situation etwas geändert hat, richtig?"

Battenberg beruhigt sich als Erster wieder und gibt Bescheid:

„Lieber großer Meister des Verkaufs!" und seine Aussprache ist einigermaßen flüssig, was Hallers Annahme nur bestätigt! „Wir drei haben - weil wir uns alle in einer Notsituation befinden - beschlossen, uns ab sofort zu duzen, einverstanden?" Er bricht ab, sein Kopf sinkt auf die Brust und er muss einige Male tief durchatmen! Jetzt richtet er sich wieder auf, hebt seine Hand und setzt hinzu: „Darf ich vorstellen? Das da hinter dir, lieber Lorenz, das ist Beata! Und wir werden sie ab sofort Bea nennen, ok? Hinter mir, der rettende Engel mit dem Flachmann, das ist Skiffo! Tja, und ich bin Harald, lieber Lorenz, Haarraaald…!"

****

Seine Ansprache ist zu Ende, er hat sich sichtlich zufrieden in seinem Sitz zurückgelehnt, seine Hände liegen gefaltet wie die eines Priesters vor seinem Bauch und er grinst blöde vor sich hin. Haller ist unangenehm berührt: so hatte er sich das wärmende Beisammensein aber gar nicht vorgestellt! Nun dreht er sich halb nach rechts zu seinen neuen Bekannten hin, nickt mit dem Kopf und erklärt ruhig und mit vagen Handbewegungen seine Worte unterstreichend:

„Hört mal her, gute Leute: ich habe es in meinem bisherigen Leben immer so gehalten: für die Entscheidung, mit einem eben kennengelernten Menschen per Du zu sein, musste immer ausreichend Zeit vergangen sein! Und die Erfahrung hatte gezeigt, dass das vernünftig war! Wenn ein Mensch ein ordentlicher Charakter war, dann hatte ein Du keine besondere Gewichtung! Es machte die Verbindung weder besser noch schwerer! Als Beispiele könnte ich Ihnen mehrere langjährige und wunderbare freundschaftliche Verbindungen aufzählen, für deren Intensität niemals das Du weder begründend oder erforderlich gewesen wäre!"

Haller macht eine kurze Pause: sein Vortrag soll in den bereits leicht nebeligen Hirnen der Anwesenden Platz greifen können! Nachdem er jeden einzelnen von ihnen kurz in die Augen geblickt hat, fährt er fort:

„Nun wissen wir ja alle, dass die Spanne vom Du zum Götz-Zitat bekanntlich eine wesentlich kürzere ist als die vom Sie zum Selbigen, oder?"

Wieder prüft er rasch die Aufmerksamkeit und er meint erkennen zu dürfen, dass seine unerwartete Ablehnung der Fraternisierung ein wenig vom angehenden Rausch der trinkfreudigen Bande genommen zu haben scheint.

„Also, liebe Stau-Freunde! Da Sie sich jetzt aber bereits im fortgeschrittenen Stadium der Du-Anrede bewegen, schlage ich einen Kompromiss vor: wie es in internationalen Konzernen üblich ist, bleiben wir zwar beim Sie, allerdings unter Verwendung unserer Vornamen! Was halten Sie davon?"

Polgar hat große Augen bekommen, sie starrt Haller einige Sekunden an, wendet sich dann hin zu ihrem Nachbarn und sagt bewundernd:

„Hey, Skiffo! Der Mann ist gut, ja, wirklich gut!"

Schinnik nickt bedächtig, zeigt jetzt mit dem Zeigefinger auf Haller und antwortet, ohne seine Sitznachbarin anzusehen:

„Mannomann! Sie sind ja ein richtiger Salomon, hey?"

Haller lächelt und wendet sich jetzt dem letzten der Du-Betreiber zu:

„Nun, Herr Battenberg? Können Sie mit meinem Vorschlag leben? Zumindest bis der Stau vorbei ist? Und dann sehen Sie mich ja sowieso nie wieder, habe ich recht?"

Battenberg hat sich keinen Millimeter gerührt, seit Haller mit seiner Rede begonnen hatte. Nun wendet er seinen Kopf Haller zu, setzt eine leidende Grimasse auf und sagt mit vom Inhalt des Flachmanns leicht fließend gewordener Stimme:

„Natürlich! Genauso, wie ich es mir gedacht hatte: der Herr Konzern-Chef darf sich natürlich nicht mit dem Plebs verbrüdern, sehe ich das so? Man darf sich ja..."

„Hey, hey!" unterbricht Haller ihn sofort „Hier in diesem Wagen ist keiner besser als der Andere, verstanden? Aber sollte nicht doch die Mehrheit entscheiden, oder?"

„Scheiß auf die Mehrheit, Haller!" ruft Battenberg gereizt „Was tut Ihnen denn da schon weh, wenn wir alle per Du sind und uns zwanglos unterhalten können, he?"

Der Ton ist aggressiv, Polgar und auch Schinnik auf den Rücksitzen halten sich klugerweise bedeckt und überlassen Haller die weitere Klärung!

„Soll ich Ihnen das Ganze nun nochmals erklären, wie? Zwanglos unterhalten können wir uns ja problemlos auch, wenn wir per Sie sind, oder? Wo sehen Sie hier eine Schwierigkeit?"

„Sie!!" schreit Battenberg hocherregt „Sie sind die Schwierigkeit, lieber Mann! Sie, mit Ihren überkommenen Verhaltensregeln stören unsere nette Gemeinschaft! Ich pfeife auf Ihr blödes Sie! Entweder sind Sie ab sofort per Du mit mir, oder ich rede überhaupt nichts mehr mit Ihnen, verstanden?"

Damit verschränkt er in abweisender Haltung seine Arme vor der Brust und schnauft dabei wie ein Rhinozerus! Haller überlegt: *Was tue ich mit diesem sturen Choleriker? Die beiden anderen brauchen das Du nicht unbedingt, soweit kann ich das spüren, nur dieser blöde Chemiker bockt wie ein junger Stier!* Er ist kurz entschlossen und gibt bekannt:

„Also, dann werden wir das einfach so handhaben, Leute: Sie alle untereinander können per Du sein, wenn Sie wollen! Wenn Sie mit mir sprechen möchten, verwenden Sie ganz einfach das Sie mit meinem Vornamen und der ist Lorenz, ok?"

Von hinten meldet sich die Polgar:

„Finde ich blöd, ausgesprochen blöd, ja! Das hört sich komisch an: alle sind per Du, aber nur mit einem sind wir per Sie? Nein!" entscheidet sie sich „Da bin ich schon für eine einheitliche Linie und die läuft so, wie Sie, Lorenz, sie vorgeschlagen haben, ja?"

Dabei sieht sie Ihren Sitznachbarn an und macht mit dem Kopf eine auffordernde Bewegung! „Und außerdem," setzt sie plötzlich leise hinzu „brauche ich jetzt überhaupt keine Streiterei, ich hab nämlich auch schon ganz schön Kopfschmerzen!"

Schinnik zuckt mit den Schultern, breitet seine Hände mit den Handflächen nach oben aus und meint:

„Na, ist doch klar, Leute! Das wäre doch schon eigenartig, nicht? Ich bin auch für das per Sie mit Vornamen: ist doch gar nicht so unpersönlich, hey?" Dabei stößt er vorne mit der Linken Battenberg an der Schulter an und meint versöhnlich: „Hey, Battenberg, machen Sie hier keinen Krieg! Sie heißen bei mir ab sofort Harald, ja? Und Sie sagen Skiffo zu mir! Aber per Sie, ist das klar?"

Dabei gluckst er lachend wie eine Henne und sieht Haller mit auffordender Miene an! Dieser hat seinen Kopf schiefgelegt und betrachtet Battenberg mit zusammengezogenen Augenbrauen. Alle sind überzeugt, dass es einen Konsens geben wird, Battenberg aber macht ihnen einen gewaltigen Strich durch die Rechnung!

„Jajaja!" ruft er zornig „Sie alle sind doch nichts anderes als eine degenerierte Sie-Gesellschaft! Aber nicht mit mir! Das ist doch keine gemütliche Unterhaltung! Ihr könnt mich alle mal!"

Damit öffnet er seine Türe, springt überraschend aus dem Wagen, knallt die Türe zu und kämpft sich durch den wirbelnden Schneesturm nach hinten zu seinem Wagen! Haller kann im Rückspiegel undeutlich erkennen, dass sich Battenberg auf den Fahrersitz gesetzt hat und nun unbeweglich hinter dem Lenkrad verharrt!

****

„Also, ich bin Beata!" meldet diese sich jetzt „Und alle meine Freunde nennen mich Bea, ist für Sie nun alles klar, Lorenz?"

Dieser muss lächeln: es ist immer angenehm zu erfahren, dass man einen heilbaren Konsens erreicht hat! Nun ruft Schinnik mit heiterer Stimme:

„Und meinen Namen, lieber Lorenz, kennen Sie ja auch schon: ich bin Skiffo, weil ich immer ein wenig Koks in mich hineinschnupfe! Und das heißt jetzt nicht, dass ich rauschgiftsüchtig, sondern nur ein bisschen schwer in Gang zu bringen bin und daher etwas…sagen wir…Starthilfe brauche!" Er grinst ein bisschen blöde dazu und setzt hinzu: „Und was ich nie verstehen werde: warum müssen die Menschen ihre Namen immer so verunstalten? Ich heiße Georg und alle rufen mich entweder Schorsch oder Skiffo! Das klingt doch keineswegs nett, oder? Und unsere kleine Freundin hier, die hat doch wirklich einen schönen Namen, nicht? Beata! Und sie wird - grob abgekürzt - Bea gerufen! Finden Sie das schön, Lorenz?"

Haller hebt kurz seine Arme, nickt und meint:

„Und wenn ich Ihnen jetzt verrate, mit welcher Verunstaltung meine Freunde, meine Bekannten und sogar meine Familie mich rufen?"

Skiffo hat seinen Kopf vorgeschoben und sieht Lorenz grinsend von der Seite an:

„Nein! Also, das glaub ich jetzt aber wirklich nicht? Rufen Sie die alle vielleicht doch..."

„Ja, ja und nochmals ja!" unterbricht Lorenz ihn lachend „*LORI!* rufen sie mich, *LORI!!* Ja, bin ich denn ein Papagei??"

Sowohl Bea als auch Skiffo hauen sich auf die Schenkel vor Vergnügen! Es dauert beinahe eine ganze Minute, bis die beiden sich wieder einkriegen! Bea erfängt sich zuerst und meint, immer noch ein bisschen glucksend:

„Also, lieber Lorenz, Sie dürfen sicher sein: ich selbst, ich werde Sie keinesfalls *LORI* rufen, ja?"

Skiffo bestätigt das und Lorenz meint dazu:

„Das ist nett von Euch, Leute! Ist doch so einfach, das Ganze hier, nicht? Aber..." er unterbricht sich und sagt, indem er seine Gäste im Rückspiegel sucht „Sie sitzen noch immer in Winterjacke und Mantel da und wir haben es so schön warm hier!"

Aber noch ehe die beiden auf den Rücksitzen sich aus ihren Wintersachen schälen können, meldet Lorenz' Mobiltelefon einen eingehenden Anruf! Dieser drückt auf die Empfangstaste, eine für ihn fremde Nummer erscheint auf dem Display und er meldet sich mit Nachnamen:

„Haller, guten Tag! Bitte sehr?"

Es bleibt kurz still in der Leitung, dann vernehmen sie über die Freisprecheinrichtung Battenbergs Stimme aus den Lautsprechern:

„Hey, Leute! Hier ist euer Harry im eiskalten Audi! Ich…ich…also…Scheiße, wie soll ich das jetzt nur rüberbringen? Naja, das eben war ein totaler Ausrutscher und es ist mir äußerst peinlich, ok? Ich entschuldige mich in aller Form, im Besonderen bei Ihnen…Lorenz …ja, ich meine das wirklich ehrlich, ok? Und wenn ich mich ganz, ganz klein mache wie ein Hündchen, das etwas angestellt hat und wieder zu Euch rübergekrochen komme? Hmm? Krieg ich die Freigabe?"

Lorenz hat sich umgedreht, blickt die beiden an, sie nicken natürlich und Lorenz antwortet:

„Aber natürlich, Harry, ist doch keine Frage! Und den Lorenz, den benützen Sie ab sofort, ok? Also, los, rüber mit Ihnen, sonst kriegen Sie noch mitten auf der Autobahn eine Depression!"

Es vergehen noch einige Sekunden, dann schnauft Battenberg:

„Das ist cool, jawohl, Lorenz! Bin schon drüben!"

Die Verbindung wird abgebrochen und keine zehn Sekunden später reißt Battenberg die Beifahrertüre auf, schwingt sich auf den Sitz und knallt die Türe zu! Da sitzt er nun keuchend, dreht seinen Kopf zuerst hin zu Lorenz, dann nach rückwärts und sagt kurzatmig:

„Danke! Danke, Leute! Und natürlich mache ich mit, wie Lorenz das so vorgeschlagen hatte: ich bin Harald und meine Freunde sag…"

„Jaja!" unterbricht ihn Skiffo von hinten rufend „Und alle nennen Sie Harry, oder?"

Harald macht große Augen, dann jedoch erkennt er sofort, dass Skiffo hier mit ironischem Unterton nur die naheliegendste Lösung vorgebracht hat!

„Oh ja!" ruft er „Und wie rufen wir alle Sie jetzt, Lorenz? Haben auch Sie einen Spitznamen?"

Im Rücksiegel erkennt Lorenz, wie die beiden da hinten sich krümmen und sich kaum noch beherrschen können! Er holt einmal tief Atem und antwortet:

„Nein, lieber Harald, nein! Alle rufen mich schmucklos nur Lorenz!"

„Naja," meint Harald „Das wäre ja das Allerletzte, würde jemand Sie…was weiß ich… Loro nennen?"

Prustend kommt es postwendend von hinten:

„Loro nicht, aber Lori!"

Jetzt muss sogar Lorenz lachen und damit ist die Stimmung positiv geladen! Nachdem sich alle beruhigt haben, meint Lorenz:

„Wenn ich vorschlagen darf? Wir sollten jetzt den Wagen wechseln, was meinen Sie?"

Battenberg reagiert als erster und antwortet:

„Natürlich, Lorenz, natürlich! Also," ruft er nach hinten „alles raus hier und rein in den ersten Wagen dahinter! Wagentype und Wagenfarbe brauche ich Ihnen nicht zu sagen: ist sowieso egal, die kann man vor lauter Schnee ja eh nicht mehr erkennen! Aber nicht vergessen, Jacken mitnehmen: bei mir drinnen wird es ja noch saukalt sein!"

****

Damit steigt er aus, die anderen tun es ihm gleich und alle stapfen mit raschen Schritten durch das dichte Schneetreiben und den bereits gute zwanzig Zentimeter hoch liegenden Schnee hin zu Harrys Wagen und gleich darauf haben alle vier Platz genommen! Der Wagen ist geräumig, die hinteren Passagiere haben genügend Kniefreiheit und Harald hat den Motor bereits angelassen! Neben ihm hat es sich Bea gemütlich gemacht, hinter Harald sitzt Skiffo und hinter Bea drückt Lorenz sich in den eiskalten Sitz! Aber es währt nicht zu lange und wohlige Wärme entströmt den Heizungsdüsen. Nun entledigen sich alle ihrer Jacken und Harald meint:

„Na, da kann man wieder sehen: es muss nicht immer ein Luxuswagen sein, oder?" Da seine vergleichende Feststellung keine entsprechende Rezeption erfährt, setzt er hinzu: „Das muss mir einmal jemand erklären: wie soll man einen Preisunterschied von, sagen wir einmal, 20-30.000 Euro erklären?" Und zu Lorenz nach hinten fragt er mit aggressiv-ironischem Ton:

„Können Sie das, Lorenz?"

Dieser zieht kurz die Augenbrauen hoch, verdreht die Augen zum Himmel und denkt: *Gott im Himmel! Da ist ja schon wieder so einer, der es nicht verwinden kann, sich kein hochpreisiges Auto leisten zu können oder zu wollen!*

„Nunja, lieber Harald," meint er nun jovial „ich glaube, es gibt eben Unterschiede in der Auffassung, wieviel mir ein Fahrzeug wert ist oder nicht, was meinen Sie?"

„Ist doch scheißegal, wie einer zu seinem fahrbaren Untersatz steht, he?" ruft Bea vorne „Ich komme von München nach Hannover mit meinem kleinen Japaner ebenso wie mit einem Rolls Royce, oder? Und wenn ich besonderen Komfort möchte, dann muss ich einfach blechen dafür! So rollt der Käse, Kollegen!"

„Bingo!" schaltet Skiffo sich ein „Ich hatte noch nie ein Problem damit, wenn einer meiner Bekannten sich ein teures Auto angeschafft hatte! Ich für meinen Teil aber möchte keine sieben-, oder neunhundert Euronen pro Monat ausgeben nur für die Erhaltung meines Wagens! Solche Summen, Herrschaften, wären bei mir nicht drinnen! Ich selbst" erklärt er, indem er mit dem Daumen nach hinten deutet „fahre eine klapprige Ente, das Studenten-Fahrzeug schlechthin, oder?" Er legt nachdenklich sein Kinn in die aufgestützte linke Hand, klopft über die Sitzlehne Harald auf dessen rechte Schulter und fragt mit listiger Miene:

„Sie werden doch wissen, Harald, was Ihnen Ihr Audi pro Monat kostet?"

Bea wendet Harald interessiert ihren Kopf zu und Lorenz blickt Skiffo jetzt mit zusammengezogenen Brauen vorwurfsvoll an, so als ob er sagen möchte: *He, was soll das denn jetzt wieder? Willst du ihn ärgern? Der hatte doch schon einen Ausraster heute, nicht?* Harald indessen bleibt überraschend ruhig, scheint nachzudenken und meint dann:

„Also, grob gerechnet brauche ich schon so um die fünfhundert im Monat! Reine Erhaltung, meine ich jetzt, also Versicherung, Reifen, Service, inklusive Diesel! Aber ich brauche den Wagen ja nur selten für Geschäftsreisen!" Er hält kurz inne, blickt in den Rückspiegel und Lorenz meint:

„Wenn ich ganz ehrlich sein soll, Leute, das weiß ich nicht so genau! Aber für die ca. 80.000 Kilometer, die ich pro Jahr geschäftlich unterwegs bin, ist mir nicht wichtig, was die Erhaltung kostet, sondern dass ich sicher und bequem unterwegs sein darf!"

Sowohl Bea als auch Skiffo nicken dazu verständig, nur Harald bekommt interessanterweise einen harten Zug um den Mund, schlägt kurz mit beiden Händen auf das Lenkrad und fragt ironisch über den Rückspiegel:

„Ach so, und das können Sie mit so einem Wagen, wie ich ihn habe, nicht?"

Lorenz weiß, dass er eine unsinnige Diskussion vermeiden muss und entgegnet besänftigend:

„Aber natürlich, Harald, freilich kann man das ebenso mit einem Audi, einem Bayern oder einem Schweden! Ich aber habe mich nun einmal für diese Marke entschieden und dies deshalb, da ich seit ca. 30 Jahren problemlos eben nur diese Marke fahre!"

Der Sturm weht ohne Pause, die Schneeflocken sind dicker geworden, ein Zeichen für leichte Temperatur-Erhöhung! Dafür aber kann man überhaupt nicht mehr aus dem Auto sehen: sogar die Seitenscheiben sind mit einer dicken Schneeschicht vollgeweht und doch ist es irgendwie gemütlich in dem geheizten Wagen! Bea hat sich zu Harald hingedreht, sieht ihn einige Sekunden an und meint vergnügt:

„Und Sie? Sie sind mit Sicherheit so ein ewiger VW-Fahrer, mit Hut und Handschuhen, stimmt´s?"

Skiffo hinten kichert in sich hinein und Lorenz greift nach vorne, klopft Bea auf die Schulter und ruft:

„Nana, junge Frau! Sie sollten Deutschlands größten Auto-Hersteller nicht lächerlich machen!"

Harald hat sich inzwischen Bea zugewandt, fixiert sie mit wildem Blick und schreit sie plötzlich an:

„Sie können sich aber auch verpissen nach hinten in Ihren…japanischen Mülleimer, Sie freches Ding! Welche Marke ich bevorzuge, das geht Sie aber schon einen feuchten Kehricht an, ja?"

„Hey, nun machen Sie mal halblang, lieber Herr!" mischt sich Skiffo jetzt ein „Sie brauchen Bea nicht gleich mit dem Hintern ins Gesicht zu springen, nur weil sie ein geflügeltes Wort verwendet hat!"

„Was heißt denn hier *Geflügeltes Wort*"? schreit Harald in den Rückspiegel „Ich lasse mich doch nicht beleidigen von so 'nem jungen Ding, ja?"

„Achso, achso?" fragt Skiffo schlagfertig „Ist das Grund für eine Beleidigung, wenn man ein Audi-Fahrer ist? Dann schlage vor, dass Sie schnellstens die Marke wechseln, Mann!"

„Und Sie können gleich mitgehen, mit Ihrer Freundin, wenn Sie so gescheit sind, ok?" fährt ihn Harald an!

Skiffo langt schräg nach vorne, tippt Bea auf die Schulter und fragt:

„Na, Bea? Wollen wir in ein anderes Klima wechseln? Zum Beispiel in ein japanisches? Ich für meinen Teil pfeife auf so aggressive Autofahrer! Und außerdem," setzt er hinzu „krieg ich hier drin Kopfschmerzen, also brauchen wir ein wenig frische Luft!"

Bea hat sich bereits ihre Jacke geschnappt, sie übergeworfen, öffnet ihre Türe und steigt hinaus in das wirbelnde Schneetreiben! Skiffo tut es ihr gleich und knallt die Türe hinter sich zu. Und nun folgt die Überraschung: auch Lorenz ist, seine Jacke über dem

Arm, ausgestiegen und folgt gegen das Schnee-treiben mit vor den Augen gehaltener Hand den beiden nach rückwärts zu Beas Wagen!

„Jaja!" ruft ihnen Harald ungehört nach „Kann locker ein neuer Blockbuster werden: *Verschwörerbande - verloren im Schnee!*"

****

Die drei, ihre Jacken fest an sich gedrückt, haben Beas Wagen erreicht und steigen ein. Sofort startet Bea den Motor und möchte ganz automatisch die Scheibenwischer einschalten, aber Lorenz, der auf dem Beifahrersitz Platz genommen hat, rät ihr gleich ab:

„Machen Sie das nicht, Bea! Das kostet nur unnötig Batterie und wozu brauchen wir jetzt freie Sicht nach vorne? Vielleicht, um zu sehen, wie uns dieser kleine Wilde nachgelaufen kommt?"

„Und außerdem," setzt der hinter Lorenz sitzende Skiffo hinzu „ist die Scheibe in fünf Minuten sowieso wieder total zugeschneit!"

„Ok, ok, danke, meine Herren!" sagt Bea „Das ist ganz richtig! Aber…!" sie schüttelt den Kopf, blickt Lorenz mit schräggelegtem Kopf an und fragt: „…was ist das denn für ein Vollkoffer da vorne, Lorenz? Also, ich denke, fehlen aber schon eine Menge Latten am Zaun, wie?"

Lorenz nickt bedächtig, dann hebt er beide Hände und antwortet:

„Ich meine, wir haben es hier mit einem ausgeprochenen Choleriker zu tun, liebe Leute! Ich bin nun doch einige Sonntage auf der Welt und hab auch jede Menge Sonderlinge kennengelernt, aber dass ein Mensch - noch dazu in solch einer Situation - derart ausrasten kann, das überrascht mich ja doch!"

„Vielleicht hatten wir ihn zu stark gefordert?" fragt Skiffo von hinten.

„Aber dann muss er ja nicht gleich..." kommentiert Bea ungehalten.

„Langsam, langsam, liebe Bea!" wird sie nun von Lorenz sanft unterbrochen „Er muss! Jawohl, er muss, eben weil er so gestrickt ist, ganz einfach! Und ich denke, mir tun alle Menschen leid, die mit ihm leben oder zusammenarbeiten müssen!"

Alle drei reiben sich die Hände und ihr gefrierender Atem beschlägt sofort die Innenseiten der Scheiben! Nichtsdestotrotz sind sie alle noch gut in Stimmung und Skiffo beginnt sogar, eine Melodie zu summen: *Schenk' deiner Frau doch hin und wieder rote Rosen....*

Lorenz wendet den Kopf und sieht ihn überrascht an:

„Na, das wundert mich jetzt aber schon!" meint er „Das ist ja ein Schlager aus den 50ern! Und gesungen hat ihn..."

„Monsieur Eddie Constantine!" vervollständigt Skiffo Lorenz' Aufklärung: „Ich selbst habe ihn natürlich nicht so oft gehört wie Sie, aber meine Eltern spielen heute noch seine Aufnahmen und zwar auf einem uralten Plattenspieler! Naja, da knisterts und knasterts zwar ein wenig beim Abspielen, aber die Lieder sind alle verständlich im Text! Und in der

Melodie sind sie ganz in Ordnung, finden Sie nicht auch, Lorenz?"

Dieser nickt dazu und bestätigt:

„Das empfinde ich ebenso, lieber Skiffo! Zum Beispiel dieser wirklich einfache und so beruhigende Schlager *Jeder macht mal eine Pause, jeder ruht sich einmal aus...*!

„Hey! Das werdet Ihr nicht glauben!" mischt Bea sich ein „Aber ich war letzthin zu einer Hochzeitsfeier eingeladen und was meint Ihr, hat die Band dort immer dann gebracht, wenn der Band-Leader nach jeweils fünf gespielten Schlagern eine kurze Pause ankündigte? Diese Melodie, ja! Und den Titel weiß ich deshalb, weil die das Lied, das sie ja immer nur kurz angespielt hatten, vor der ersten Pause komplett und mit Text vorgetragen hatten!"

Zufrieden lächelnd lehnt sie sich in ihrem Sitz zurück und fährt mit Händereiben fort. Langsam kommt warme Luft aus den Düsen und nach vielleicht zwanzig Minuten wird es auch in Beas kleinem Japaner mollig warm! Die drei haben ihre Jacken ausgezogen und ohne sich abzusprechen entschieden, ein kleines Schläfchen einzulegen! Nun sitzen sie mit geschlossenen Augen, die Hände im Schoß verschränkt da und sofort ist Lorenz wieder eingeschlafen! Bea ärgert sich furchtbar über sich selbst: hätte sie doch nur vor ihrer Abfahrt ihr Handy noch aufgeladen! Jetzt ist der Akku beinahe leer und sie muss doch Luisa, ihre Schwester, anrufen und organisieren, dass die ihre kleine Anna abholt! Eine SMS möchte sie nicht senden: sie will solch eine Bitte doch lieber direkt mir ihrer Schwester besprechen. Anrufen jedoch hat keinen Sinn: sie weiß, dass Luisa in der Abteilung in dem Werk, in dem sie angestellt ist, keinen Empfang hat! *Aber vielleicht geht sich das doch noch aus?* denkt sie: *Wenn die Burschen da vorne doch rasch arbeiten? Schließlich muss man eine Autobahn ja schnellstens wieder freimachen können!* Aber sie ist überzeugt, irgendwie - vielleicht durch einen ihrer Genossen hier im Wagen -, noch rechtzeitig Verbindung mit Luisa aufnehmen zu können! Schnell nimmt sie aus dem Ablagefach in der Fahrertüre einen kleinen Notizblock mit Kugelschreiber, kramt aus ihrer Handtasche ihr Handy und notiert die Handynummer ihrer Schwester auf den Block, sollte ihr Handy später nicht mehr funktionieren. *Dieser blöde Kopfschmerz,* denkt sie, *muss ich den gerade heute und hier auf der Autobahn bekommen, wo ich keine Kopfschmerz-Tablette herkriegen kann?* Danach schließt sie die Augen und dämmert vor sich hin!

Skiffo ist Realist genug um zu wissen, dass sein heutiges Engagement zu einhundert Prozent ins Wasser fallen wird: dieser Unfall dürfte alles bisher Dagewesene in den Schatten stellen! Im Rückspiegel erkennt er, dass Bea vorne ebenfalls vor sich hin dämmert. Er nimmt sein Handy heraus und beginnt, nicht ohne vorher den Ton auszuschalten, ein Computerspiel.

Es sind maximal zehn Minuten vergangen, da wird an der Scheibe der Beifahrertüre zuerst zaghaft, dann kräftiger, geklopft: Lorenz merkt nichts davon, Bea allerdings ist sofort hellwach, blickt hinüber und erkennt im dichten Schneetreiben…Harald! Dieser hält sich eine Hand an die rechte Seite seines Kopfes, um sein Gesicht vor den vom Sturm gepeitschten Schneeflocken zu schützen! Dabei lächelt er gequält und ruft jetzt:

„Okay, okay, ich weiß ja, aber reden wir bitte miteinander?"

Bea wendet sich um, sieht Skiffo fragend an, doch der zuckt nur mit den Schultern! Zwar unterbricht er sein Spiel jetzt nicht, aber er nickt gnädig! Daraufhin deutet sie Harald zu, einzusteigen, was dieser auch umgehend tut! Nun sitzt er hinter Bea, klopft sich noch etwas Schnee von seiner Kleidung und flüstert:

„Ich muss mich ernsthaft entschuldigen, liebe Bea: ich bin dieser Tage wirklich nicht gut drauf, Leute! Das ist so, dass…"

„Lassen Sie das, einfach, Harald!" unterbricht ihn Lorenz, der aufgewacht ist und sich jetzt umgedreht hat, „Sie brauchen nicht zu flüstern, ich bin bereits wach! Und entschuldigen müssen Sie sich ebenfalls nicht, wir alle sind ein wenig gereizt wegen diesem blöden Stau hier! Aber vielleicht reißen Sie sich ab sofort ein wenig zusammen und spielen nicht immer gleich den Beleidigten Jonas, ok? So werden wir diese Wartezeit wohl gemeinsam und auch friedlich überstehen können, ja?"

„Ein Schlückchen zu Beruhigung?" fragt Skiffo grinsend neben Harald und hält ihm den Flachmann hin. Und als die drei Haralds zitternde Hand erkennen, erkennen sie den wirklichen Grund, warum dieser wieder zu ihnen gestoßen war…

„Ouh, ouh!" ruft Harald verhalten „Ein Friedens-Trunk wohl, oder was?"

Schon hat er die Flasche genommen, angesetzt und einen kräftigen Schluck davon genommen! Wieder entfährt ihm dieses unfeine „Ahhhhh!" und Lorenz verdreht unbemerkt die Augen gen Himmel! Nun hat auch Bea die vom Harald nach vorne gerichtete Flasche genommen und sich einen ordentlichen Schluck gegönnt! Sie hält den Flachmann nun Lorenz hinüber, der ist zuerst unschlüssig, nickt jedoch kurz und bedient sich ebenfalls! Dann reicht er die beinahe leere Flasche nach hinten zu Skiffo, der dem Inhalt des Flachmanns den Rest gibt!

****

Gleich ist das Wageninnere wieder erfüllt mit einer Wolke von Whiskey-Aroma und Bea meint, jetzt bereits mit leicht schleifendem Ausdruck in der Stimme:

„Was regen wir uns auf über... s...diesen blöden Stau, hey? Warm haben wir´s hier, verdursten können wir Dank Skiffo nicht und jetzt...jetzt darf ich euch etwas verraten, Männer: natürlich kriegen wir Angestellten wöchentlich unsere Rati...Rationen an Schokoladen und Schnn...nitten kostenlos mit und jetzt kommt die Frage aller Fragen: was...pffff... denken Sie, meine Herren, hat die gute Bea wohl hinten im Kof...fferraum als kleine Überraschung für uns alle bereit? Na?"

Grinsend sieht sie sich um, dann gibt sie sich selbst die Antwort:

„Dadaaa! Milch-Nuss-Schokotafeln und Zitronenschnitten hat die...pfff... gute Bea heute anzubieten, hallooo!" Sie verfällt mit gesenktem Kopf kurz ins Nachdenkliche, dann richtet sie sich auf und kündigt an: „Alles frisch vom Band und ofenwarm!"

„Hahaha!" brüllt Skiffo von hinten los „Schokolade und ofenwarm? Na, dann werden wir Ihre Schokolade wohl trinken dürfen, hahaha?"

„Witzbold!" knurrt Bea und verzieht verzweifelt ihren Mund „Das...das war doch nur bild...bildlich gemeint, Sie... Bongo-Bongo!"

Lorenz unterhält sich köstlich, laufend lacht er innerlich, aber er wartet und fragt sich ängstlich, wann ihr kleiner Choleriker seinen nächsten Anfall haben wird? Harald, schräg hinter ihm, klopft ihm nun auf die Schulter und fragt:

„Mein lieber Freund Lorenz, was halten Sie davon, einmal auszusteigen, nach vorne zu latschen und zu sehen, wie lange das Ganze noch dauern kann? Warm genug angezogen wären wir ja und wie ich höre, leiden wir alle schon unter Kopfschmerzen! Ein kleiner Spaziergang schadet sicherlich nicht, he?"

Lorenz dreht sich überrascht zu ihm um, sieht ihn einige Sekunden fragend an und meint:

„Lieber Harald Battenberg! Sie mögen ausgesprochen würzige Ideen in Ihrem Labor umsetzen können und auch dürften Sie ein brillanter Chemiker sein, aber das menschliche Verhalten in einem Autobahn-Stau, damit können Sie gar nichts anfangen!"

Dabei schüttelt er seinen Kopf demonstrativ und lehnt sich wieder in seinem Sitz zurück. Im gleichen Moment jedoch durchfährt es ihn wie in Stromschlag: wie wird Harald auf seinen negativen Kommentar reagieren? Ob er hier nicht ein wenig über's Ziel hinausgeschossen hat? Gerade möchte er sich wieder Harald zuwenden, da schaltet sich Skiffo ein und bemerkt mit ironischem Unterton:

„Naja, aber soweit man weiß, haut bei den Chemikern ja auch nicht immer alles hin, oder?"

Sofort ist es mäuschenstill im Wagen! Beate hinter ihrem Lenkrad macht ein verkniffenes Gesicht und Lorenz hält mit großen Augen die Luft an! Skiffo spielt ohne Unterbrechung mit seinem Handy Flieger-Abschießen! Und das Unabwendbare passiert: Harald hat seinen Kopf schief gelegt und starrt nach vorne hin zu Lorenz! Dieser allerdings bewegt sich keinen Millimeter und Harald wendet sich Skiffo zu! Er nickt bedeutungsvoll und sagt mit leiser Stimme:

„Aha! Unser kleiner computerverrückter Gift-Zwerg weiß es schon wieder besser, oder?" Skiffo reagiert ob der Beschimpfung überhaupt nicht und schießt hörbar weitere Düsenjäger des Feindes ab! „Sie, mit Ihrer Trommlerei, mit Ihrem allabendlichen Whiskey-Konsum und Ihrem billigen Gift! Was wissen denn Sie schon über die verantwortungsvolle Tätigkeit eines Labor-Chefs, he? Dass von unseren Arbeitstischen hochwertige, lebensrettende und weltweit begehrte Produkte erforscht und hergestellt werden, davon haben Sie ja keine Ahnung, lieber Skiffo!"

Dieser ist weiterhin im Krieg mit irgendwelchen Weltraum-Feinden und überhört Haralds Angriff! Lorenz versucht, die Situation in den Griff zu bekommen und den Choleriker zur Räson zu bringen:

„Hey, Harald! Produzieren Sie jetzt doch bitte keinen weiteren Streit, ok? Natürlich wissen wir alle, was Ihr Chemiker leistet, das ist ja unbestritten! Und unser Skiffo, na, der hat das sicherlich nicht so ernst gemeint, oder?"

Damit wendet er sich weitmöglichst nach hinten und erwartet dessen Stellungnahme. Dieser jedoch dürfte sich im Showdown des kriegerischen Ablaufes befinden und schüttelt wegen der Störung nur unwillig den Kopf! Er hält das Handy mit beiden Händen umkrampft, seine Augen sind starr auf das Display gerichtet! Dazu entfahren unwirkliche Laute seinem Mund mit den gefletschten Zähnen: „...ja... ajajouhhhouhh! Super!!...niiicht, bitte niiiicht!! ..." dann plötzlich ertönt ein elektronischer, kreischender Ton, der auch dem Uneingeweihten signalisiert, dass das Spiel verloren sein dürfte! Skiffo lässt sein Handy sinken, atmet hörbar aus und wendet sich an Harald:

„Entschuldigen Sie bitte mein Benehmen, Harald, aber wenn ich einmal drinnen bin im Ablauf, da gibt es kein Halten mehr, da muss man fertigspielen! Sonst hätte das alles ja wenig Sinn, oder?"

****

Dazu setzt er ein entwaffnendes Lächeln auf und sieht Harald mit großen Augen an! Dieser atmet einige Male heftig aus und ein, dann packt er mit beiden Händen Beas Rücken-lehne, schüttelt sie ein paar Mal kräftig, sodass Bea entsetzt und fragend in den Rückspiegel schaut! Harald ist wieder soweit!

„Wo bin ich denn da hineingeraten?" brüllt er los „Keine Sau interessiert es, wie lange wir hier noch ausharren müssen? Hat hier vielleicht doch irgendwer an irgendetwas Inter-esse, oder geht´s nur mehr um´s Fressen und um´s Saufen?!" Natürlich bleibt man ihm die Antworten auf seine aggressiven Fragen schul-dig und Harald lässt seinem Frust - nun schon weniger laut - freien Lauf: „So ein Stau auf der Autobahn ist doch symptomatisch für die schleichende Dekadenz unserer Gesellschaft, wie? Alles wird von der Obrigkeit bestimmt und alle ducken sich hinter ihren Lenkrädern hinein in ihre teuren Autositze und schalten brav den Verkehrsfunk ein! Keiner ist mehr er selbst, die Warterei zerrt bei jedem an den Nerven und wären wir irgendwo draußen auf einer Wiese, die ersten Toten könnte man schon abtransportieren!"

„Und Sie?" fragt Skiffo mit beißendem Spott „Wie sieht´s denn bei Ihnen aus, Harald? Wie ich eben feststellen darf, haben Sie aber schon gewaltig zu kämpfen mit dieser neuen Situation, oder?"

Sein Blick bleibt auf Harald gerichtet, dessen Blick wird zunehmend unstet und ihm fällt nichts anderes ein, als Skiffo anzufahren:

„Was soll das denn wieder heißen?!" schreit er nach rechts hinüber „Wollen Sie allen Ernstes behaupten, ich würde mit dieser Warterei nicht problemlos fertig werden?"

„Aber, aber, Harald!" mischt Lorenz sich nun ein, ohne sich nach hinten zu drehen: „Sehen wir es doch so: wir alle sind schon knapp an der obersten Reizschwelle angelangt und ich schlage vor, die Stimmung durch unnötige verbale Attacken nicht aufzuheizen, ok? Was meinen Sie, Bea: wie können wir uns die Zeit bis zur Freigabe der Autobahn vernünftig verkürzen?"

Die Angesprochene macht überrascht große Augen, denkt kurz nach und erwidert dann mit einer Lautsprecherstimme, indem sie beide Hände zu einem Trichter formt, diese an den Mund hält und hineinspricht:

„Hey, an alle Betroffenen! Hier spricht die Einsatzzentrale! Soeben erhalten wir eine dringende Anforderung auf einen Krankenwagen mit Psychologen zu einem im Stau stehenden weißen Datsun Cherry: dort drinnen soll sich ein rabiater Chemiker unflätig gegenüber seinen Mitfahrern verhalten haben!"

Jetzt bricht sie ab, wendet sich nach hinten und fragt:

„Meint Ihr, meine Herren, dass dies die richtige Anforderung für Hilfe wäre?"

Dabei muss sie lauthals lachen, sowohl Skiffo als auch Lorenz stimmen ein und links hinten sitzt still ein humorloser, beleidigter Harald! Nachdem sie sich alle beruhigt haben, dreht Lorenz sich halb zu Harald um und meint, während er sich die Tränen aus den Augen wischt:

„Kommen Sie, Harald! Seien Sie jetzt kein Frosch, ok? Nehmen Sie es einfach als gegeben hin, dass Sie sich heute hier in diesem Stau mit drei vollkommen unterschiedlichen Charakteren zu unterhalten haben, ja? Und ich denke, unsere Bea wird uns den Spätnachmittag versüßen können, oder?"

Er fixiert sie mit fragendem Blick und Bea lächelt:

„Richtig, Lorenz, ganz richtig! Ich muss nur kurz raus in dieses verdammte Schneetreiben: meine Wochenration liegt nämlich hinten im Kofferraum, damit sie meine Kleine, wenn ich sie abhole, nicht sofort zu Gesicht bekommt und gleich anfangen möchte, zu naschen!"

Kurze Zeit später springt Bea wieder in den Wagen, einen dunkelblauen Kunststoffbeutel mit weißer Kordel und mit der gelben Aufschrift *Bauers Süßes - frag nicht, iss es!* in ihrer linken Hand tragend! Sie bringt eine volle Ladung pulvrigen Schnees mit, schlägt die Türe zu und streift den Schnee von Schultern und von Armen hinunter auf den Wagenboden. Nun stellt sie den Beutel auf ihren Schoß und entnimmt ihm verschiedene Naschereien: angefangen von kleinen, quadratischen Schokotäfelchen, über diverse gefüllte Schokoriegel bis hin zu in schreiend bedruckter Alu-Folie verpacken Schoko-Waffeln! Sie verteilt die Süßigkeiten reihum und alle Insassen beginnen nun ein fröhliches Kauen! Alle scheinen zufrieden zu sein: in solch einer Situation in einem geheizten Wagen die Freigabe der Autobahn abwarten zu dürfen, ist ja schon ein Glück! Aber noch dazu begleitet von ein paar Schokoriegeln und Schokolade und nicht zu vergessen: flankiert von ein paar Flachmännern vom feinen Whiskey?

„Also," meint Lorenz zwischen zwei Bissen Schokoladetäfelchen „ich denke, wir können uns nicht beklagen, oder? Wir haben alles hier, um bis zur Öffnung der Autobahn locker durchhalten zu können! Aber…jetzt… muss ich wohl eine heikle Frage stellen, meine liebe Beata: wie sieht´s denn aus bei Ihnen mit…na sie wissen schon, was ich meine? Wir Männer haben da wohl weniger Schwierigkeiten, nicht?"

Beata schluckt eben einen Bissen hinunter, wendet sich hin zu Lorenz und antwortet:

„Na, da haben wir ja einen echten Gentle-
man mit auf der Reise: kümmert sich um das
Pipi-Gehen einer Frau! Super! Aber, lieber
Lorenz, ich darf Sie beruhigen: noch kann ich
das locker durchhalten!"

****

Soeben kommt die erwartete Verkehrs-
meldung aus dem Radio:

*An alle Autofahrer auf der A1, die zur
Zeit zwischen Bramsche und Holdorf im Stau
stecken! Wir haben gar keine erfreulichen
Nachrichten für Sie: der schwere Tankwagen-
Unfall kurz vor der Ausfahrt Holdorf beschäftigt Feuerwehr, Rettung und Bergungsfahr-
zeuge! Nachdem wegen des ausgelaufenen
Treibstoffes erhöhte Explosionsgefahr besteht,
musste die Autobahn für den gesamten Verkehr
gesperrt werden! Sie müssen voraussichtlich
mit noch mindestens drei bis vier Stunden
Wartezeit rechnen! Der Autoklub empfiehlt, wegen der herrschenden Wetterbedingungen mit
Ihren Treibstoffreserven sorgsam umzugehen!
Um den Betrieb Ihrer Wagenheizungen für
längere Zeit gewährleisten zu können, wird
angeraten, den Motor Ihres Fahrzeuges immer
für nur ca. fünfzehn bis zwanzig Minuten laufen
zu lassen und dann wieder abzustellen! So
können Sie den Wagen immer wieder etwas aufwärmen. Zusätzlich rät der Autoklub, soge-
nannte Heizungs-Gemeinschaften zu bilden: es
können sich ja immer mehrere Fahrzeugbesitzer
in einem Wagen zusammensetzen und sich
aufwärmen! Und danach wechseln die Fahrzeugbesitzer den jeweiligen! Wir informieren
Sie laufend!*

„Na, da haben wir's wieder einmal! Um die wichtigen Dinge im Leben, nämlich um das Erledigen unserer Notdurft, darum kümmert sich keine Sau, was?" meldet sich Skiffo von hinten.

„Aber, aber, meine Herren!" unterbricht Beata „Noch platzt hier niemand und wenn's wirklich so weit kommt, dann wird es mit Gentlemen wie mit Ihnen wohl keine Probleme geben, wenn es darum geht, mich beim Pinkeln zu verstecken, was?"

Dabei grinst sie offen in die Runde und unwillkürlich müssen alle ebenfalls lächeln! „Nur, so glaube ich, muss ich verdammt aufpassen, mich nicht zu verkühlen: irgendwie pocht mein Kopf so komisch, vielleicht liegt das an der zurzeit grassierenden Grippewelle?"

Alle anderen nicken sofort zustimmend und Skiffo meint:

„Ja, sie berichten doch auch laufend über ganz schwere Fälle von Grippekranken! Und ich hab so das Gefühl, dass ich das schon ein wenig spüren kann! Na, hoffentlich sind wir bald zu Hause, denn da mach ich mir einen Tee mit anständig Rum drinnen, zwei Grippepulver und dann ab in die Heia!"

Der Wind ist stärker geworden und der Schneefall hat gar nicht aufgehört! Lorenz muss an die armen Einsatzkräfte denken, die mit größtem Aufwand daran arbeiten, den Sauhaufen da vorne von der Fahrbahn wegzukriegen! Er möchte etwas Entspannung in die Runde bringen, wendet sich nach links hinten zu Harald und fragt lächelnd:

„Nun, Harald? Was meinen Sie: sollten wir jetzt nicht langsam versuchen, nochmals in Ihren Wagen umsteigen? Beatas Sprit geht zur Neige und sie muss ja noch von der Autobahn runter an eine Tankstelle! Nun?"

„Na, klar!" ruft Skiffo zustimmend „Wann komme ich schon einmal in die glückliche Lage, für längere Zeit in einem Audi sitzen zu dürfen? Noch dazu, wo der ja gar nicht fahren kann! Hahaha!"

Lorenz greift jetzt schnell rechts zwischen Holm und seiner Rückenlehne nach hinten und zwickt Skiffo ordentlich in die Wade! Gerade jetzt brauchen sie keinen beleidigten Harald als nächsten Gastgeber! Der Miene Haralds ist es anzusehen, dass ihm dieser Vorschlag so gar nicht ins Konzept passt! Aber Lorenz´ klar vorgebrachtem Argument kann er nichts entgegensetzen und er meint nickend:

„Ja, sicher, ok! Also dann: raus mit uns und ab in den Schnee! Aber ich glaube, eine Wagenfarbe kann man sowieso schon nicht erkennen, ist ja total zugeschneit, die Kiste!"

Und es ist wirklich unglaublich: die komplette Autobahn samt ihren tausenden Fahrzeugen ist vollkommen zugedeckt vom pulvrigen Schnee! In den letzten 30 Minuten hat es wieder mindestens 15 Zentimeter mehr Neuschnee gegeben und es scheint überhaupt nicht aufhören zu wollen! Die Vier steigen nun aus Beatas Wagen und stapfen bis vor zu dem völlig zugeschneiten Wagen, neben dem Harald nun stehenbleibt und mittels Fernsteuerung die Türen aufschließt. Lorenz setzt sich neben Harald, der am Steuer Platz genommen hat, Skiffo setzt sich hinter Harald und Beata belegt den verbleibenden Sitz hinter Lorenz! Eigentlich hat Lorenz diese Sitzordnung im Stillen so geplant: er möchte, sollte Harald wieder ausrasten - und damit ist mit Sicherheit zu rechnen - diesen im direkten Griff haben können!

Harald hat den Motor angelassen und das Gebläse sowie die Heizung auf voll geschaltet.

„Das, lieber Harald, sollten Sie so nicht tun!" meldet sich Skiffo jetzt „Den Heizkreislauf, den sollten Sie erst nach einigen Minuten dazuschalten: so wird nämlich das Wasser wesentlich schneller warm!"

„Ach ja?" antwortet Harald mit ironischem Unterton „Da krieg ich doch von der Straße die technischen Anweisungen, wie man eine Wagenheizung bedient, wie?"

„Naja..." meldet Lorenz sich mit gedehnter Stimme „so viel allerdings habe ich ebenfalls gehört: wenn man das Wasser in der Heiz..."

„Verdammt nochmal!" brüllt Harald los „Wollt ihr mir vielleicht weismachen, wie ich mit meinem Wagen zu verfahren habe, wie?" Dabei fuchtelt er wie wild mit den Armen vor seinem Kopf herum „Da nimmt man Leute auf, um ihnen in einer schwierigen Situation zu helfen und wie danken die einem das? Indem sie den Einstein spielen und einen für blöd verkaufen wollen!!"

Alle drei, Beata, Skiffo und Lorenz sind total baff! Im ersten Moment können sie nichts antworten, sie sind total verwirrt! Einige Sekunden ist es mäuschenstill im Wagen, dann versucht es Lorenz mit beruhigendem Ton:

„Aber Harald! Wieso regen Sie sich denn gar so auf? Niemand hat Ihnen etwas getan und Skiffo wollte doch nur einen Tipp geben, wie man mit einer Wagenheizung schneller zu warmer Luft kommen kann, oder?" Er blickt Skiffo über seine linke Schulter kurz an und dieser nickt nur zustimmend! „Hören Sie mal, Harald!" fährt Lorenz fort „Sie dürfen nicht immer gleich so aufgebracht sein! Wir vier müssen die nächsten Stunden hier zusammen überstehen und es wäre doch nicht angebracht, diese Zeit im Streit zu verbringen, oder diese sinnvolle Gemeinschaft gar auflösen zu müssen?"

Hatte jemand gedacht, Harald würde nun etwas in sich gehen, dann war diese Annahme grundfalsch! Mit geballten Fäusten trommelt Harald auf das Lenkrad und schreit:

„Was denkt ihr denn, ihr großmäuligen Typen, he? Die Gemeinschaft auflösen? Ok, ok! Dann raus mit euch, aber flott! Ich kann auch alleine hier sitzen und muss mich nicht mit euch Gutmenschen herumärgern!"

Dann schweigt er plötzlich, so als wäre ihm die unglaubliche Dummheit seiner Worte eben erst bewusst geworden! Sein Kopf fällt nach vorne auf seine auf dem Lenkrad liegenden Hände, er atmet schwer und ein wenig Speichel tropft auf seine Beine! Bea schaut zwischen den Sitzen nach vorne, betrachtet Harry angewidert, schüttelt den Kopf und flüstert Skiffo zu:

„Also, wenn der keinen ordentlichen an der Waffel hat?"

Sie wartet noch kurz und setzt hinzu: „Also, Skiffo, wieviel Sprit haben Sie noch im Tank? Können wir uns ein Weilchen bei Ihnen aufwärmen? Denn das hier..." sie deutet vage auf den nach vorne gesunkenen Harald „...das hier, das überleben wir wahrscheinlich gar nicht!"

„Hört mal!" meint Lorenz jetzt „Raus hier und gleich rein mit euch da vorne in meinen Wagen! Ist ja egal! Ich hab wohl den meisten Benzin im Tank und wenn es notwendig wird, dann werde ich auf meinem Weg eben nochmal nachtanken müssen! Also rüber mit euch! Ich komme gleich nach und heize umgehend ein!"

****

Damit betätigt er die Fernsteuerung zum Öffnen der Türen seines Wagens, Beata und Skiffo springen aus dem Audi und laufen nach vor zu Lorenz′ Wagen. Lorenz wartet noch einige Sekunden und meint dann ruhig:

„Harald! Hören Sie mal, Sie sollten uns sagen, was Sie so schwer bedrückt! Das nehme ich Ihnen keinesfalls ab, dass Sie nicht ein ordentliches Problem auf dem Puckel mit herumtragen! Ich sag es Ihnen jetzt klar und deutlich: ich persönlich, ich bin Ihnen nicht böse, denn ich versuche, Sie zu verstehen! Das kann ich den beiden anderen auch beibringen! Aber dazu müssen Sie uns helfen, ok? Ich muss jetzt zu meinem Wagen, denn sonst erfrieren unsere beiden jungen Leute da vorne! Also, machen Sie jetzt nicht auf Größe, sondern kommen Sie einfach zu uns nach vor und wir sprechen alle gemeinsam Ihr Problem durch, ok?"

Er wartet Harrys Antwort nicht ab, steigt aus und begibt sich nach vorne zu seinem Wagen. Er steigt ein, startet und macht es sich bequem. Bea hat auf dem Beifahrersitz Platz genommen.

„Na?" meint der hinter Bea sitzende Skiffo neugierig, sich zwischen den Sitzen nach vorne beugend: „Haben Sie ihm ein wenig den Kopf gewaschen? Der Mann ist doch wirklich komplett von der Rolle, oder was meinen Sie?"

Lorenz zögert noch etwas, dann meint er beschwichtigend:

„Ich…ich bin mir nicht sicher, aber den Mann bedrückt etwas ganz Schweres, etwas, das ihn nicht so sein lässt, wie er vielleicht normalerweise ist! Aber möglicherweise täusche ich mich und er ist wirklich ein totaler Chaot, ein cholerischer Tollpatsch, der durch seine Launen nie Frieden mit seinen Mitmenschen bekommen kann!"

Beata, neben Lorenz, hält ihre Hände an die bereits langsam warme Luft ausströmenden Heizungsauslässe und meint:

„Ich weiß nicht so richtig, aber ein wenig Angst habe ich schon vor unserem Harald! Würde das nicht so abstrus klingen, ich würde sagen, der Mann hat etwas auf dem Kerbholz und scheint damit nicht fertig zu werden! Was meinen Sie denn?"

Es ist eine irreal wirkende Situation: der Wind beutelt die Fahrzeuge hin und her, Massen von wirbelndem Schnee decken die Autos vollkommen zu, sogar die Seitenscheiben, welche normalerweise doch eher frei bleiben, sind total zugeweht und man sitzt im Wagen wie in einem geschlossenen Zelt!

„Nun," meint Lorenz nach einigem Nachdenken „wir vier sind nun einmal in so einer Art fixer Verbindung, zumindest solange, bis die Einsatzkräfte da vorne mit ihren sicherlich schwierigen Arbeiten fertig sind! Und darum schlage ich vor, dass wir unseren Harald so behandeln, als wäre gar nichts vorgefallen, ok? Tut uns ja nicht weh, oder? Ich habe ihm noch kurz zugeredet, bevor ich seinen Wagen verlassen hatte: ich habe ihm vorgeschlagen, sich uns gegenüber doch zu öffnen: irgendwie gehören wir jetzt doch zusammen und das wäre eine gute Gelegenheit für ihn, uns sein Herz auszuschütten! Was denken Sie?"

Beide, Beata und auch Skiffo nicken zustimmend. Ohne sich zu verständigen, machen es sich die drei bequem und versuchen, ein wenig zu schlafen. Beata überlegt noch, wie sie ihre Schwester verständigen soll und kommt zu dem Entschluss, ihr doch eine SMS zu senden. Somit kann sie sicher sein, dass ihre Kleine abgeholt wird! Dann allerdings wird ihr Akku wirklich leer sein, aber wozu denn braucht sie ihr Handy auch? Eigentlich gar nicht. Skiffo hat seine Kollegen bereits per Whatsapp über den Stau informiert und bleibt daher ganz locker! Lorenz hat ja bereits mit seinem Partner telefoniert und wartet ebenfalls ganz ruhig das Ende der Aufräumungsarbeiten ab.

****

Über das Radio kommt jetzt die, angenehme Stimme von Ella Fitzgerald. Ihr wunderbares, dunkles Organ sowie der getragene Song passen ausgezeichnet zu dieser tief-winterlichen Stimmung! Nun wird die Musik ausgefadet und die Nachrichtenredaktion meldet sich. Nach einigen politischen News gibt die Sprecherin bekannt:

Noch immer fahndet die Polizei im Raum Bramsche, Landkreis Osnabrück, nach einem Mann, der im Verdacht steht, vor kurzem seine 50-jährige Lebensgefährtin getötet zu haben. Ein Paketzusteller entdeckte die Leiche der Frau, als er mit einer an die Frau adressierten Lieferung an deren Wohnungstüre klopfte. Als sie nach mehrmaligem Klopfen und Läuten nicht öffnete, bemerkte der Zusteller, dass die Wohnungstüre nur angelehnt war. Er betrat die Wohnung und fand die Frau mit mehreren Messerstichen in Hals und Brustbereich auf dem Boden liegend im Flur. Bei dem Gesuchten handelt es sich um Dieter Mündten, den 64-jährigen Lebensgefährten der Ermordeten. Mündten ist untersetzt, zirka einssiebzig groß und hat blondes, schütteres Haar. Die Polizei hofft, ein aktuelles Foto des Verdächtigen schon demnächst im TV und dann noch in der heutigen Abend-Nachrichtensendung veröffentlichen zu können.

Im nepalesichen Katmandu haben die....

Alle drei dösen zwar so vor sich hin, ein richtiges Schlafen funktioniert einfach nicht so richtig. Die Nachrichten allerdings vernehmen sie doch. Beata schüttelt angewidert ihren Kopf und murmelt:

„Also, ich verstehe das überhaupt nicht: man kann schon mal aus der Haut fahren und brutal werden, schließlich kann ich davon ein Liedchen singen! Aber gleich mit dem Messer seine Probleme lösen, also, das ist aber schon heftig, nicht?"

„Ich getraue mich zu wetten," meint Skiffo etwas schläfrig „der Typ ist ein Choleriker, ein allzu leicht reizbarer Mensch, der..." plötzlich bricht er ab, sieht mit geweiteten Augen Lorenz, der sich nun halb umgedreht hat, an und legt wie verschwörerisch seine Hand auf den Mund! Beata hat sich ebenfalls umgewandt, blickt Skiffo mit gerunzelter Stirn an und meint:

„Hey, hey, Junge! Übertreiben Sie das nicht ein wenig, hm? Der Gesuchte heißt Mündte und wir sitzen hier zusammen mit Harald Battenberg, oder? Also, dürfen wir annehmen..."

„Vorsicht!" mahnt Lorenz leise ein „Vorsicht! Er hat sich uns als Harald Battenberg vorgestellt, Beweis dafür, dass er es auch wirklich ist, haben wir aber keinen, oder?"

Es ist ganz ruhig im Wagen, jeder der drei hängt seinen sinistren Gedanken nach und unwillkürlich beginnen sich in ihren Köpfen Szenen von Gewalt, Mord und Blut zu bilden! Lorenz versucht zu beschwichtigen, indem er nachdenklich meint:

„Für uns drei erhebt sich die Frage: wie machen wir weiter? A) Geben wir ihm unseren Verdacht bekannt? B) Spielen wir weiter die Battenberg-Story und bleiben wir so, wie wir uns bisher verhalten hatten? Bei ersterer Entscheidung wissen wir nicht, wie er reagieren wird, sollte er wirklich der Gesuchte sein! Dann aber haben wir einen Mörder hier bei uns sitzen, nicht? Und wenn er uns attackiert und Zeugen beseitigen will?"

„Naja," meint Skiffo aufbrausend „das soll er einmal versuchen, der Bursche! Jetzt nämlich wissen wir, womit wir eventuell rechnen müssen und wir werden auch gefasst sein darauf! Also, leicht werden wir es ihm nicht machen, oder, meine liebe Beata?"

Lorenz steigt wortlos aus, geht nach hinten zum Kofferraum und als er wieder einsteigt, hält er einen schweres, ca. 40 cm langes Meißel in der Hand! Nun reicht er das stählrne Werkzeug nach hinten und meint:

„Nur für den Fall der Fälle, Skiffo: sollte Harald alias Dieter aggressiv werden, dann ziehen Sie ihm eins über, ok? Sie brauchen sich nicht zurückzuhalten, schließlich sind nicht *wir* die Mörder, sondern *er* wird gesucht, ok?"

Beata sitzt da mit großen Augen und glaubt es nicht! Aus einem geplanten, netten Abend mit ihrer Kleinen ist ein realer Krimi geworden! Und möglicherweise gar kein so ungefährlicher?

„Jungs!" meint sie mit zittriger Stimme „Am liebsten möchte ich aussteigen und mich in meinem Wagen verkriechen! Das...das sind ja schreckliche Aussichten!"

„Aber er kennt auch Ihr Auto, Beata!" wirft Skiffo ein „und wenn er trotz unserer Gegenwehr gewinnt, dann holt er Sie aus Ihrem Fahrzeug und bringt Sie ebenfalls um: Sie sollten ihm dann ja auch nicht gefährlich werden, oder?"

****

Wieder herrscht schweres Schweigen, denn alle drei sind mit ihren Ängsten beschäftigt! Lorenz versucht krampfhaft, ruhig zu bleiben und in seinem Kopf hat sich bereits ein Ablauf eingenistet, der ihnen allen, inklusive Battenberg, einen Ausweg aus dieser schrecklichen Situation weisen könnte!

Alle drei fahren völlig erschreckt zusammen, als Battenberg an Lorenz´ Seitenscheibe klopft! Dieser lässt die Scheibe ein Stück herunter und blickt Harald prüfend an.

„Hey, Mann!" ruft dieser durch den Sturm „Sie haben ja recht, Lorenz! Ich möchte mit euch reden, ja, ehrlich! Ich…"

„Steigen Sie schon ein!" unterbricht ihn Lorenz und Harald nimmt auf der Rückbank neben Skiffo Platz! Dieser ist unwillkürlich etwas näher an seine Türe gerutscht, neben seinem Schenkel versteckt, jedoch griffbereit, das schwere Meißel! Beata schielt angstvoll zu Lorenz hinüber und getraut sich nicht, zu bewegen! Harald spürt natürlich die angespannte Lage, sieht einen nach dem anderen kurz an und sagt leise:

„Jaja, ich weiß, Leute! Ich bin einfach nicht zum Aushalten! Aber unser Lorenz hat mir eben einen ehrlichen und vernünftigen Vorschlag unterbreitet: ich werde euch einfach alles erzählen, was mich so bedrückt, ok?"

Keinerlei Reaktion erfolgt und Harald ist jetzt vollkommen verunsichert! Wieder blickt er in die Runde, dann bleibt sein Blick auf Skiffo hängen und er fragt:

„Hören Sie mal, Junge! Ich hab euch soeben einen seriösen Vorschlag gemacht und ich denke, so könnten wir doch weiterkommen, oder?"

Skiffo starrt nur geradeaus, auch er ist total verkrampft und antwortet nicht. Lorenz jedoch hat entschieden, die Sache klar zu stellen, fängt im Rückspiegel Skiffos Blick auf und mit einem leichten Nicken bedeutet er ihm, bereit zu sein! Dann fragt er leise nach hinten:

„Harald?"

„Ja, bitte?"

„Heißen Sie vielleicht gar nicht Harald, sondern...Dieter?"

Die Ruhe im Wagen ist so eisig wie die Witterung draußen! Harald bewegt sich nicht, lässt seine Augen von einem zum anderen rollen, atmet schwer und kann sich nicht entscheiden!

„Harald!" mahnt Lorenz ihn nach einigem Zuwarten „Wir haben die Suchmeldung im Rundfunk vernommen! Und wir fragen Sie jetzt direkt und seien Sie bitte ehrlich: sind Sie der gesuchte Dieter Mündte?"

Harald sitzt unbeweglich da, plötzlich senkt er den Kopf und seine Schultern beginnen zu zucken! Er schlägt die Hände vors Gesicht und sein Schluchzen ist unüberhörbar! Niemand reagiert, alle sitzen nur da und warten ab, ob und wann sich Harald erfangen wird! Als sich dessen Erregung etwas gelegt zu haben scheint, versucht Lorenz es weiter: er denkt, je früher alles draußen ist, desto besser werden wir alle damit umgehen können!

„Harald - oder Dieter? - wir wollen Ihnen nichts Böses! Wirklich nicht! Und wenn Sie Ihre Lebensgefährtin umgebracht haben, dann könnte es hilfreich sein, wenn Sie uns erzählen, wie es überhaupt dazu gekommen war! Und Sie würden sich damit sicherlich auch selbst helfen!"

Harald hat seine Hände heruntergenommen, den Kopf erhoben und starrt in die Rückenlehne vor ihm! Dann blickt er hinauf zu einen imaginären Punkt, atmet einige Mal tief aus und ein und sagt mit heiserem Tonfall:

„Sie…sie hat mich nie geliebt, ja, nie geliebt! Ich darf gar nicht zurückdenken an diese schreckliche Zeit mit ihr! Andauernd hat sie mich vor Freunden verspottet und mich finanziell nur ausgenutzt! Aber ich hatte sie doch so sehr geliebt! Wieso konnte ich das nicht abstellen? Was, bitte, hab ich denn verbrochen, dass ich an solch ein Teufelsweib geraten konnte?"

Er bricht ab und blickt in die Runde. Lorenz hat sich so weit wie nur möglich nach hinten gewandt, Beata, in verdrehter Position, starrt ihn mit mitleidigem Blick an und Skiffo hat Harald seinen Kopf zugewandt und schief gelegt! Seine rechte Faust umklammert das Meißel neben seinem Bein: sein ganzer Körper zittert wie Espenlaub! Beata hat sich nun als Erste gefangen und fragt besänftigend:

„Aber,…Harald! Konnten Sie denn nicht abhauen und diese Frau vergessen? Dann wäre Ihnen doch so viel Leid erspart geblieben, oder täusche ich mich?"

Dieter schüttelt resigniert seinen Kopf:

„Ihr könnt doch Dieter zu mir sagen! Was soll das Versteckspiel noch? Und ich will jetzt versprechen, nichts gegen euch unternehmen zu wollen! Ihr seid doch überhaupt nicht in meine Probleme involviert!"

„Na, na!" fällt ihm Skiffo nun ins Wort „So ist das aber nicht, lieber Har…Dieter! Wir sind zwar nicht direkt involviert, Ihre Launen aber, die haben Sie uns schon kräftig mitkosten lassen!"

Dazu lacht er und man glaubt es nicht: sofort ist die Stimmung im Wagen besser geworden!

„Aber, Dieter," meint Lorenz jetzt mit gerunzelter Stirn „Sie haben Ihre Lebensgefährtin oben in Oldenburg umgebracht und sind jetzt unterwegs in Richtung Oldenburg? Wie sollen wir das verstehen?"

„Aber ich war doch völlig im Schock, Leute!" ruft Dieter „Nachdem ich neben der toten Lisa meine Tat realisiert hatte, bin ich völlig ausgerastet, hatte mich in meinen Wagen gesetzt und bin abgehauen! Ich fuhr irgendwohin und…und schließlich bin ich ungewollt wieder auf die Autobahn nach Oldenburg aufgefahren!"

„Und natürlich haben Sie die Geschichte vom Kartenabend mit Freunden, mit dem Schinken und mit der Sachsischen dann wohl erfunden, oder?" forscht Lorenz.

„Aber nein doch!" ruft Dieter „Ich hatte noch soviel Klarheit, dass ich alle Kartenbrüder per WhatsApp verständigen und ihnen absagen konnte!"

****

Dieter hat sich nun zurückgelehnt, den Kopf an die Kopfstütze angedrückt und sinniert laut:

„Ich bin kein Mörder, Leute! Ich wollte das natürlich nie tun! Aber sie hat eben leider den falschen Zeitpunkt erwischt, um mir mitzuteilen, dass sie einen anderen hat! Und sie…" jetzt fällt ihm der Kopf auf die Brust und er atmet tief, um einen neuerlichen Weinkrampf zu unterdrücken! „…sie war so gemein, so verletzend und das nach allem, was ich ihr Gutes getan hatte! Ich…"

Er muss unterbrechen und wieder lange und tief atmen, um sich beruhigen zu können! Lorenz denkt, dass jetzt der richtige Augenblick gekommen ist und setzt leise hinzu:

„Nun, Dieter, was denken Sie: haben Sie mit dieser Tat möglicherweise nicht doch einen Befreiungsschlag getan? Sie sind schuldig, das wissen Sie ja und Sie werden dafür auch Ihre Strafe erhalten! Aber Ihr Anwalt wird mildernde Umstände für Sie rausholen können: denn Sie hatten ja nicht aus Eifersucht, sondern aus großer Enttäuschung zugestochen, nicht?"

So als müsste man Dieter jetzt aufrütteln, braust der Sturm draußen gegen den Wagen und schüttelt ihn hin und her! Plötzlich hält Beata Dieter ihre Hand nach hinten hin! Ganz entgeistert blickt dieser auf und ist sich unschlüssig: soll er die dargebotene Hand ergreifen? Auf welche Stufe wird er herabsteigen, wenn er dies tut? Aber Dieter spürt: diese Leute hier, die wollen ihm nichts Böses, sie sind bemüht, ihm in seiner schrecklichen Schuld, in seinem Schock und in seiner Angst zu helfen! Langsam ergreift Dieter nun Beas Hand, blickt auf und sieht in ein offenes, junges und aufmunterndes Gesicht!

„Also, hören Sie, Dieter!" meint Beata nun „So wie ich das sehe, kommen Sie hier ja sowieso nicht raus und schon gar nicht bei diesem Sauwetter, klar? Und bis die dort vorne den Mist weggeräumt haben, erzählen Sie uns doch noch über Ihr Leben, bitte! Wir alle haben doch Zeit und wir hören Ihnen einfach zu, nicht wahr?"

Dabei sieht sie sich um und Lorenz und Skiffo nicken zustimmend! Und alle, inklusive Dieter wissen, dass das Grausame, das nicht wieder Gutzumachende zwar passiert ist! Dass jedoch darüber zu sprechen, allen Vieren, am meisten aber Dieter selbst, eine Art heilender Balsam sein und etwas Erleichterung bringen kann! Diesem ist direkt anzumerken, wie langsam eine große, schwere Last von ihm weicht! Er beugt sich nach vorne, lehnt seine Stirn an Lorenz´ Rückenlehne und beginnt zu erzählen:

****

„Woher Lisa Koschiewicz wirklich stammte, darüber herrschte bei allen Menschen, die sie kannten, Unklarheit. Die einen, deren Eltern aus Wroczlaw stammten, meinten, sie könne laut ihres Nachnamens nur von Polen stammen! Andere wiederum, die sich lange in den USA aufgehalten hatten, waren überzeugt, sie wäre die Tochter eines jüdischen Kaufmannes aus der Bronx. Der Cafetier, in dessen Lokal Lisa mit ihren Freunden regelmäßig verkehrte, wusste natürlich, dass sie eine umbenannte Bosnierin war: er müsse dies ja wissen, da sein Großvater mütterlicherseits aus Brčko stammte und dessen Akzent dem Lisas doch sehr ähnelte!

Letztendlich aber wusste keiner von ihnen wirklich Bescheid. Und Lisa? Sie ließ die Freunde rätseln, bis sie schwarz waren, versprach ihnen aber, sich eines Tages doch deklarieren zu wollen. Nur, wann dies sei, das ließ sie im Hinblick auf die immer mit Spannung geführten Diskussionen einfach offen!

Einer aus dieser Freundesrunde, ein gewisser Goran Litvic, war überzeugt, Lisa wäre gebürtige Slowenin. Alles an ihr, ihr Aussehen, ihre Handbewegungen, mit denen sie malerisch ihre Sätze zu unterstreichen suchte, sowie zuallererst natürlich der Ausdruck ihrer Sprache wiesen darauf hin! Und es musste etwas Wahres an diesen Vermutungen sein: dem einzigen, dem Lisa auf seine versteckten Anspielungen nicht sofort und vehement widersprach, war eben Goran!

Wir alle, also die gesamte Freundesrunde, waren wieder einmal gemeinsam für drei Wochen nach Sardinien geflogen. Und natürlich auch Lisa. Sie war in unserer Partie der Star unter den weiblichen Mitreisenden:

Sie war war mittelgroß, gut gebaut und hatte wohlgeformte Beine. Ihr wallendes kastanienfarbenes Haar umfing ein ovales, lieblich anmutendes Gesicht. Ihre rehbraunen Augen standen weit auseinander, dazwischen ragte eine kleine Stupsnase in den Himmel und die breiten Backenknochen deuteten unmissverständlich auf slawische Herkunft hin! Ihr süßer, voller Mund zwischen zwei hübschen Grübchen über einem passenden Kinn, sowie der schlanke, weiße Hals trieben so manchen übereifrigen Bewerber schier in den Wahnsinn!

Und ich? Nun, ich war so verliebt in sie, dass ich keine Nacht mehr durchschlafen konnte! Und dass ihr Erscheinen morgens zum Frühstück mir meinen Puls schlagartig in beinahe schon schmerzhafte Höhen trieb! Und dermaßen verrückt war ich nach ihr, dass ich mich sogar nicht in den Pool wagte, solange sie noch elegant darin herumschwamm! Da wir alle uns doch beinahe den ganzen Tag im Resort, sowohl am Pool als auch auf der Café-Terrasse aufhielten, wusste ich es meist so einzurichten, dass ich zumindest in der Nähe ihres Tisches saß! Zumeist jedoch an der männlichen, heiteren Tischrunde, die Lisa schmachtend umgab! Immer wieder trafen sich unsere Blicke für einen Augenblick und bettelnd wandte ich mein Auge nicht ab von ihr, sie aber passierte mich jedes Mal mit einem Anflug von spöttischem Lächeln! So, als wollte sie mir zeigen, dass sie mich als mögliche Errungenschaft eigentlich für uninteressant hielt!

Und mit zunehmendem Aufenthalt in diesem eleganten Hotel fand ich - notgedrungen - schließlich dann doch zu meiner Linie: nach längerem innerem Kampf ließ ich Lisa Koschiewicz fallen wie eine heiße Kartoffel! Dieser Vergleich muss etwas hinken, war sie doch eine wirkliche Schönheit! Aber ich hatte mein Konzept beschlossen, würdigte sie praktisch keines Blickes mehr und beschäftigte mich derart auffallend mit einigen der anderen, ebenfalls sich in unserem Resort aufhaltenden Damen! Natürlich kannte ich die meisten weiblichen Gäste schon ganz gut, waren wir uns doch anlässlich der letzten paar Silvesternächte schon einige Male in diesem Hotel begegnet! Also war es mir ein Leichtes, mit Gudrun Weissmann, Sarah Jankovicz, mit Bärbel Ürligor und anderen Schönen auffällig eifrig Konversation zu betreiben und damit Lisa aus meinen Gedanken zu expedieren!

Anfangs schien Lisa mein Verhalten nicht sonderlich zu interessieren, als sich jedoch eines schönen nachmittags Bärbel zu mir auf meine Liege setzte, sich zu mir herunterbeugte und mich ohne Umschweife auf den Mund küsste, schloss ich die Augen, genoss die Liebkosung und dachte dabei: *'Ich weiß nicht genau, liebe Lisa, wie lange du schon wegen deiner Affektiertheit einer solchen Zärtlichkeit entbehren musstest! Ich dafür nehme mir gerne, ohne zuzuwarten!'*

Nachdem Bärbel sich lächelnd von mir gelöst hatte, bemerkte ich mit Vergnügen, dass sie kurz zu Lisa hinüberblickte, ihren Kopf stolz hob und sich mit ruhigem Schritt hinüber ins Café begab!

Hatte ich mich getäuscht, oder konnte ich einen verkniffenen Zug um Lisas Mund bemerken? Ihr Blick aus schmalen Augen, den sie Bärbel nachschickte, würde glatt eine zwei Meter dicke Betonwand durchschnitten haben! Und noch ehe sie mir dann ihren Kopf zuwandte, hatte ich mich bereits zurückgelegt, die Augen geschlossen und meine Hände über dem Bauch gefaltet! Die Szene hatte Lisa klargemacht, dass es nun doch wirklich einen Ihrer heftigsten Verehrer weniger gab!

Lisas Mentalität war gegen derartige überraschende Abweisungen gar nicht gerüstet! Sie erhob sich, nahm ihr Portemonnaie auf und wollte sich hinauf zur Café-Terrasse begeben. Zugleich jedoch fiel ihr ein, dass Bärbel dort saß und bei einem *Caipirinha* die Nachwirkungen unseres wirklich wunderbaren Kusses genoss! Auf halbem Wege stoppte Lisa und sah sich unschlüssig um: sie hatte nun das Problem, zwar etwas tun zu müssen, aber sie hatte keinen Plan! Kurz entschlossen legt sie ihr Täschchen wieder auf das Beistelltischchen neben ihrer Liege, nahm ihre Brillen ab und ging zur Leiter, über die man in den Pool steigen konnte. Trotz ihrer momentanen Unsicherheit vergaß sie natürlich nicht, die mir gegenüberliegende Leiter zu benützen, sodass sie mir ihren straffen, nur durch einen gelben Tanga spärlich bewehrten Po präsentieren konnte!

Sie konnte warten. Lange passte sie ihre Chance ab und sie bekam sie! Ein paar Wochen nach dieser Begebenheit am Pool war ich wegen der Nachricht vom überraschenden Tod eines mir wirklich nahestehenden Freundes in einer furchtbar depressiven Phase! Ich saß einige Abende bereits unter dauerndem Einfluss irischen Whiskeys am Tisch in einer dunklen Ecke unserer Stamm-Bar in Wien. Ich wollte mit niemandem sprechen und Jolly, unsere Bar-Maid, hielt mir netterweise jegliche Kontakt-

versuche fern! Es war wieder einmal Freitag-
abend. An diesen Abenden war die Bar immer
nur schwach besucht: beinahe alle Stammgäste
fuhren schon zu Mittag ab ins Wochenende und
Jolly hatte schon oft überlegt, das Lokal gene-
rell an den Freitagabenden geschlossen zu halten: Samstag und Sonntag war die Bar sowieso
nicht auf!

Also saß ich wieder vor einem *Tullamore*
und sinnierte so vor mich hin.

„Pardon, mein Herr!" weckte mich plötzlich eine samtige Stimme aus meinen Gedanken
„Wenn ich Sie so beobachte, werde ich ein
wenig traurig! Was hat es denn mit Ihnen, dass
Sie gar so einsam sein möchten?"

Ich blickte auf und sah ihr Lächeln, ihre
wunderschönen großen Augen und war ihr im
selben Moment schon wieder verfallen! Sie
stand da in ihrem hautengen, mit Silber-Paillet-
ten besetzten Etui-Kleid. Ihr dunkles Haar hatte
sie nach hinten gekämmt, sie war perfekt ge-
schminkt und trug dezenten, aber nicht so billigen Schmuck! Ich wollte etwas Zeit gewinnen,
nahm einen ordentlichen Schluck vom Feinen,
räusperte mich und antwortete ihr:

„Naja, ich kämpfe eben mit dem unerwarteten Abschied eines lieben Freundes und
ich glaube nicht, dass ich damit so schnell fertig
werden kann!" Ungewollt machte ich eine ein-
ladende Handbewegung und meinte: „Aber

vielleicht hilft mir eine solch charmante Erscheinung wie Sie eine sind, meinen Verlust schneller überwinden zu können? Möchten Sie einen Drink mit mir nehmen?"

„Aber ja doch, gerne!" nahm sie an und setzt sich mir gegenüber hin. Jolly stellte ihr den gewünschten Daiquiri hin und warf mir beim Weggehen unauffällig einen zweifelnden Blick zu! Nun saßen wir beide da und starrten uns an. Ich war völlig gebannt von ihrer Erscheinung und konnte meinen Blick nicht mehr von ihr lösen! So kamen wir uns näher und näher, bis wir bei mir zu Hause im Schlafzimmer gelandet waren!

****

Nach dieser heißen Nacht war es komplett um mich geschehen! Sie konnte mit mir machen, was sie wollte, ich war ihr hörig: sie wollte einige Tage nach Paris: wir flogen. Sie wünschte sich eine Designer-Uhr: Lisa bekam sie! Sie fühlte sich nicht mehr wohl in ihrem kleinen Appartement: Lisa bekam ein größeres! Sie brauchte eine neue Sommer-Mode: natürlich bekam Lisa vom Feinsten! Für mich war dies alles keine Frage von Geld, nein: ich kaufte mir meine Göttin jede Woche aufs Neue!

Um all diese Anschaffungen stemmen zu können, belastete ich verstärkt mein Bankkonto und der Filialdirektor wurde aufmerksam! Ich entschuldigte die Entnahmen mit unvorhersehbaren Investitionen, wusste aber schon, dass es so nicht weitergehen konnte!

Tja, und dann kam dieser Tag, der alles ins Wanken brachte: es war Freitag spätnachmittags, ich kehrte zwei Tage früher als besprochen von einer Geschäftsreise zurück in ihr Appartement. Ich schloss auf und sofort bemerkte ich den Geruch von Zigarettenrauch! Lisa rauchte nicht. Und wäre sie klug genug gewesen, so hätte sie mir meine Frage nach dem Rauch in der Wohnung irgendwie vernünftig begründet und die Angelegenheit hätte mich nicht weiter beschäftigt! Sie jedoch beharrte darauf, dass diese schlechte Luft wohl aus der untenliegenden Wohnung über das Abzugsrohr für die Kochdämpfe kommen müsse! Ich nahm dies so hin und begab mich auf die Toilette. Dort roch es noch stärker nach Rauch und im Siphon, in dem das Spülwasser stand, schwammen einige Zigarettenstummel! Also hatte hier jemand einen Ascher ausgeleert! Und in diesem Augenblick ahnte ich die dräuende zweite Riesenenttäuschung in meinem Leben!

Ich verschwieg Lisa meine Entdeckung und nahm mir vor, unser Verhältnis ab nun etwas aufmerksamer zu beobachten! Und natürlich bestätigte sich mein Verdacht: eine von mir beauftragte Privat-Detektei lieferte mir eindeutige Beweise! Lisa pflegte intimen Umgang mit nicht nur einem, sondern mit mehreren Männern! Dass sie sich dafür bezahlen ließ, durfte ich annehmen, denn ihre ausgefallenen, und doch hochpreisigen modischen Anforderungen an mich hatten - Gott sei Dank - mit einem Mal spürbar nachgelassen! Und die vorliegenden Unterlagen reichten mir zusätzlich völlig!

Und so kam es zu dem heutigen Streit in Lisas Appartement: auf meine Vorwürfe, die ich mit den Unterlagen der Detektei belegen konnte, reagierte sie unglaublich wütend! Sie griff mich tätlich an, bewarf mich mit Dekor-Gegenständen und wies mich schreiend aus der Wohnung! Als ich sie nicht sofort verließ, rannte sie in die Küche und kam mit einem großen Fleischmesser zurück! Es begann ein schrecklicher Kampf, in dessen Verlauf ich ihr das Messer entwenden konnte und in übermächtigem Zorn zustieß…und zustieß…und…!"

Dieter muss innehalten, wieder wird er, noch immer nach vorne gebeugt, von einem Weinkrampf geschüttelt! Weder Lorenz, noch Skiffo und auch Beata wissen jetzt, wie sie sich zu verhalten haben! Endlich langt Beata mit ihrer linken Hand nach hinten, berührt Dieters Schulter und meint leise, während sie ihn ein wenig hilflos tätschelt:

„Hey, Dieter! Kommen Sie, Mann! Sie sind doch kein Mörder!" Jetzt wirft sie Lorenz einen kurzen Blick zu und fährt fort: „Und außerdem, Dieter: wer und woher war sie nun wirklich gewesen, Ihre Lisa?"

„Sie hieß Samatha Gilow und stammte aus Omsk! Aus Gründen, die sie mir nie sagen wollte, musste sie von dort weg und zwar von einem Tag auf den anderen. Quasi mit nichts, außer dem, was sie am Körper trug!"

Jetzt fällt Dieter wieder in sich zusammen, aber Beata lässt nicht locker:

„Sie haben in einer schrecklich schweren Situation nur einfach überreagiert, oder? Sehen Sie mich an, kommen Sie! Sehen Sie mich an, Dieter!"

****

Langsam hebt Dieter den Kopf, blickt auf, wischt mit seinen Händen über sein tränenüberströmtes Gesicht und sieht Beata dankend an! Jetzt nimmt er ihre dargebotene Hand in die seine und so sitzen sie eine Weile unbeweglich da, während sich draußen dicke Schneeflocken über Dieters Geschichte legen!

„Also, hören Sie, Dieter!" lässt sich Lorenz nun vernehmen „Sie sind uns zwar in der letzten Stunde mit Ihren cholerischen Ausrastern heftig auf die Nerven gegangen, aber nun können wir uns doch ein bisschen in Sie hineinfühlen und Sie auch besser verstehen! Nichts allerdings wird Sie vor einer Festnahme schützen, Dieter! Dies wird Ihnen aber schon klar sein, nicht?"

Nun räuspert sich hinten Skiffo und referiert:

„Wenn ich das so durchdenke, Dieter, wird man Ihnen nichts Schweres vorzuwerfen haben: wenn Sie unbescholten sind, bis heute einen einwandfreien Lebenswandel geführt hatten und erfolgreich einer serösen Tätigkeit nachgehen, dann bleibt noch wie folgt: Sie haben einen Menschen in Notwehr zu Tode gebracht! Alles im Zuge eines heftigen Streites, wobei nicht Sie, sondern das Opfer zur Waffe gegriffen hatte, oder?"

Dieter nickt nur geistesabwesend und Skiffo fährt fort:

„Und dass Sie nach der Tat in erster Reaktion und aus verständlichen Gründen zuerst einmal die Flucht ergriffen hatten, wird das Gericht ebenfalls mit einbeziehen! Schließlich hatten Sie ja erkannt, dass Ihre Lebensgefährtin tot war, nicht?"

Erneut nickt Dieter, jetzt aber schon etwas konzentrierter! Skiffo hat das Stemmeisen unbemerkt auf den Wagenboden legen können, sich Dieter nun ganz zugewandt und schließt:

„Und darum, lieber Freund, sollen Sie keine Angst vor einer Festnahme haben! Von enormer Wichtigkeit wird wohl sein, wie Sie sowohl dem Gericht als auch Ihren Freunden und Kollegen Ihr doch einigermaßen belastendes und überaus gespanntes Leben mit Lisa rüberbringen werden, oder?"

Dieter hat nun den Kopf erhoben, sieht sich in der Runde um und meint mit heiserer Stimme:

„Also, das glaube ich einfach nicht! Was seid Ihr für Menschen, he? Ich hab vor einigen Stunden meine Freundin erstochen, hey!? Und Ihr sitzt da und gebt mir Ratschläge, wie ich meine Tat rechtfertigen kann?"

„Weil Sie kein schlechter Mensch sind, so glauben wir, Dieter!" fällt Beata ein „Und weil Sie in berechtigter Emotion gehandelt hatten! Ich meine, ausschlaggebend für diese Tat war ja nicht nur das von Ihrer Lisa geholte Küchenmesser, sondern die Tatsache, dass Lisa Sie betrogen und somit furchtbar enttäuscht hatte, nicht?"

Erneut bedeckt Dieter sein Gesicht mit den Händen, schüttelt den Kopf, aber er weint nicht, er schämt sich zutiefst! Wieder und wieder fährt der Sturm gegen den Wagen und schüttelt ihn wie ein wütender Wolf sein Opfer im Fang! Hinaus ins Freie kann man schon überhaupt nichts mehr erkennen, alle Scheiben sind rundum zugeweht! Im Wagen ist es mollig warm und Lorenz meint:

"Also, Leute: ich denke, Dieter fühlt sich nun ein ganzes Stück leichter und wir sollten die Zeit bis zur Freigabe der Autobahn dazu nützen, uns wirklich ein wenig auszuruhen, ok?"

"Eine Bomben-Idee!" setzt Beata hinzu "Ich weiß nicht, aber ich fühle mich schrecklich müde! Ihr nicht auch? Aber vielleicht können Sie mir sagen, wie ich hier aufs Klo gehen kann? Langsam aber sicher krieg ich Probleme, meine Herren!"

Jetzt ist es aber ganz ruhig im Wagen! Dann meldet sich Lorenz und meint:

"Also, liebe Bea, da gibt es eine alte Autofahrer-Technologie: Sie öffnen Ihre Türe, Skiffo öffnet seine und Sie verrichten Ihr Geschäft dazwischen, von andern Autofahrern unbeobachtet! Von seitlich kann Sie niemand sehen, dort ist die Leitschiene, ok? Und wir drei versprechen natürlich, wegzuschauen, ok?"

„Na, wumm!" lässt Skiffo sich lachend hören, „Sie sind aber ein ausgefuchster Kerl! Ganz schön rumgekommen in der Welt, oder?"

Lorenz lächelt und meint:

„Richtig, mein Freund, richtig! Aber nun macht mal weiter, ihr beiden, dass wir endlich zum Schlafen kommen!"

Und das funktioniert prima: als Beata fertig ist, steigen Skiffo, Dieter und Lorenz nacheinander aus und erledigen, so wie alle anderen männlichen Autofahrer auch, ihr Geschäft an der Leitschiene! Wieder zurück im Wagen, wirft Lorenz noch einen prüfenden Blick auf die Tankanzeige: in dieser Frage, so sieht er, brauchen sie sich keine Sorgen zu machen! Sodann kuscheln sie sich in ihre Sitze und mit ihren leicht plagenden Grippe-Kopfschmerzen und mit verschiedensten Grübeleien über die heutigen Geschehnisse dösen sie alle Vier vor sich hin…

****

Über das zwar ständig, jedoch leise eingestellte Autoradio hören die Vier jetzt durch die automatisch stärker gestellte Lautstärke den neuesten Stand der Dinge:

Achtung, Autofahrer! Eine Stau-Durchsage! Die Sperre der wegen eines schweren Unfalles gesperrten A1 zwischen Bramsche und Ausfahrt Holdorf wird nach Auskunft der Bergungs-Mannschaften noch ca. 2-3 Stunden andauern! Verlassen Sie bitte keineswegs Ihr Fahrzeug, damit Sie, falls die Autobahn früher als angenommen freigegeben werden kann, auch sofort losfahren können! Wir danken Ihnen und kommen Sie trotz allem gut nach Hause!

Alle Vier sind durch die Nachricht geweckt worden. Man reckt und streckt sich, so gut es in dem Wagen eben geht! Lorenz versucht kurz, die Scheibenwischer einzuschalten, lässt es jedoch sofort wieder sein: die bewegen sich keinen Millimeter! Er denkt eine Weile nach und meint plötzlich:

„Hört mal, liebe Freunde! Das Ganze da vorne wird noch etwa zwei Stunden lang andauern! Also, nur schlafen ist auch nicht sehr unterhaltsam und daher schlage ich vor, dass wir, einer nach dem anderen, aus unseren Leben erzählen, oder? Sie können hier Wahrheiten verbreiten, sie dürfen lügen, was Sie wollen, bzw. was das Zeug hält: kann ja sowieso keiner nachprüfen! Aber," er breitet seine Hände aus, zuckt mit den Schultern und fährt fort: „es wird uns die Zeit vertreiben und unterhaltsam kann es auch werden! Sind Sie dabei?"

Zuerst herrscht über diesen absolut unerwarteten Vorschlag bedrücktes Schweigen im Wagen, aber dann meint Beata zögernd:

„Naja, also…find ich gar nicht so übel, ihren Vorschlag, Lorenz! Na?" wendet sie sich an Skiffo „Machen Sie mit? So erfahren wir vielleicht, wie Sie zu dem Scheiß-Gift gekommen waren, nicht?"

Skiffo blickt sie einige Sekunden lang mit gerunzelter Stirn an, dann verzieht er seinen Mund zu einem schiefen Lächeln und meint:

„Das würde Euch interessieren, was? Wie der Trommler mit dem Gift umgeht, wie er es sich leisten kann und wie…" er unterbricht, zieht die Augenbrauen in die Höhe und beginnt zu kichern: „…das alles ist nämlich ganz lustig, liebe Freunde! Ok! Ich werde mitmachen!"

Dann lehnt er sich wieder in seinen Sitz zurück und verschränkt die Arme vor der Brust. *Die werden Augen machen, diese absoluten Gift-Laien!* denkt er! Dieter, neben ihm sitzend, hat sich ebenfalls in seinen Sitz zurückgelehnt, den Kopf zurückgeworfen und starrt wieder einen imaginären Punkt am Wagenhimmel an. Alle drei warten Dieters Reaktion auf Lorenz´

Vorschlag ab! Übergangslos sagt Dieter plötzlich, ohne seine Haltung zu verändern:

„Was sollte ich mitmachen? Ihr wisst nun schon alles über mich, denkt Ihr, ich hätte doch noch einiges *in petto*?"

„Ok, Dieter!" gibt Lorenz zurück „Dann bin ich eben dran und ich melde mich auch mit meiner Zusage, mitzumachen!" Es entsteht eine kleine Pause und Dieter, mit zu Beata gewandtem Kopf, sagt:

„Da ich ja schon ausgepackt habe, könnte ich eigentlich noch…"

„Ich…ich würde gerne beginnen!" wird er überraschend von Bea unterbrochen. Sie spricht etwas zu fließend: ein Merkmal von vielleicht ein, zwei Schluck zu viel vom Whisky? Was jedoch andererseits öfters auch eine Hemmschwelle überwinden kann! Mit gesenktem Kopf sitzt sie da und reibt nervös ihre Hände aneinander. Etwas überrascht sieht Dieter nach vorne und sagt:

„Ja, gut! Dann…dann schlage ich als nächsten Erzähler, pardon als nächste Erzählerin, unsere Bea vor! Ja?"

****

Beata wackelt leicht mit dem Kopf und hat die Augen geschlossen, so als müsste sie Erinnerungen aus ihrem Gedächtnis hervorkramen! Jetzt nickt sie langsam und beginnt mit leiser Stimme zu erzählen:

„Ich war noch keine sechs Jahre und ich hatte mir vom Weihnachtsmann einen flauschigen Teddybär gewünscht. So sehr hatte ich ihn mir gewünscht! Meine Nachbarin in der Klasse hatte eines Tages ihren Teddy mitgebracht und hatte ihn mir zum Streicheln gegeben! Das war ein Erlebnis! Dieses wunderbare, flauschige Fell, ich hätte ihn stundenlang streicheln können! Das war, so glaube ich, irgendwann im Oktober und ich war der Meinung, ich dürfte meinen Wunsch noch rechtzeitig dem Christkind bekanntgeben! Als meine Mami davon erfuhr, zog sie ihre Augenbrauen in die Höhe, schüttelte ihren Kopf und meinte:

Du hast wohl einen Dachschaden, Kind? Glaubst du denn wirklich, das Christkind hat für alle Kinderwünsche Zeit? Schlag dir das aus dem Kopf, hörst du? Ich weiß nicht einmal, ob wir heuer überhaupt einen Weihnachtsbaum kriegen!

Ich war sprachlos, gekränkt und erschüttert zugleich! Ich ging in mein Kabinett, fiel auf mein Bett und weinte bitterlich! Und niemand kam, um mich zu trösten, um mir vielleicht ein wenig Hoffnung zu machen, ob denn das

Christkind meinen Wunsch nicht doch erfüllen könnte? Tja, und dann kam der Heilige Abend: wir hatten einen kleinen, aber doch leidlich hübschen Baum, an dem kleine Kerzen brannten und der mit Lametta und Engelshaar geschmückt war. Ich blickte mich um...und...ja: da lag er! Er, mein so sehnlichst gewünschter, flauschiger, beigefarbener Teddy! Ich schrie vor Freude auf, rannte hin, nahm ihn auf und drückte das Plüschtier fest an meine Wange! Die Tränen der Freude rannen über mein Gesicht und als ich aufblickte, konnte ich sehen, dass auch über Mamis Wangen die Tränen flossen!

Aber etwas störte diese Idylle! Ich konnte es natürlich damals noch nicht wissen, aber Papa saß neben Mama auf dem Sofa und sah mich irgendwie seltsam an! Da gab es dann noch verpackte Kekse, einen Roll-Pulli und zum Essen noch kalten Aufschnitt! Dazu bekam ich eine Flasche Limonade, die wir das ganze Jahr über nie auf den Tisch bekamen! Aber was war das alles gegen meinen Plüsch-Teddy! Gleich musste ich ihm einen Namen geben! Und weil ich ihn die ganze Zeit an die Wange gepresst hielt und mein Herz sich vor Freude gar nicht beruhigen konnte und *Bum!* machte und *Bum! Bum!*, nannte ich ihn einfach...Bum! Ja, einfach Bum!

Und ich schlief ein mit Bum, ich wachte auf mit Bum, er war ganz einfach mein bester Freund! Bei keinem Kuss von Mami oder von Papi hatte ich je solch ein Glücksgefühl gehabt, wie wenn ich Bum an mich gedrückt hielt!

Und wie ich meinen Bum dann brauchte, jawohl, wirklich brauchte:..." Plötzlich bricht ihre Stimme ab, Beata starrt mit gesenktem Kopf auf den Wagenboden und spricht nicht weiter! Und niemand im Wagen ermuntert sie, fortzufahren: jeder ahnt schon, dass nun etwas Schreckliches offenbart werden könnte! Es herrscht Schweigen und nur das schwere Atmen Beatas ist zu hören. Nun hat sie sich wieder etwas in der Gewalt und fährt mit stockender Stimme fort: „Papa hatte sich alles so furchtbar gemein ausgerechnet: ich war doch so glücklich mit meinem Bum, alles hätte ich gegeben, nur um ihn behalten, ihn liebkosen und mit ihm sprechen zu dürfen! Es war der zweite Weihnachtstag, wir hatten Besuch von Papas Bruder Ted und dessen Frau, Tante Irmi. Nach dem Abendessen, es war so um etwa zehn Uhr, schickte man mich schlafen. Nachdem ich mich anständig verabschiedet hatte, ging ich ins Bad und danach auf mein Zimmer. Natürlich war Bum immer dabei! Mama hatte mir noch eine Guten Nacht-Geschichte vorgelesen und dann das Licht abgedreht. Ich lag noch lange im Finstern und war noch wachgelegen, weil ich meinem Bum diese Geschichte noch einmal erzählen musste! Plötzlich spürte ich einen leisen Luftzug und ich merkte, dass jemand die Zimmertüre geöffnet hatte! Natürlich hatte ich keine Angst, ich war ja gut beschützt in unserer Wohnung! Dann spürte ich, wie jemand sich zu mir ins Bett unter die Decke legte und gleich vernahm ich Papas Stimme: *Hey, Kleine! Den Bum, den hab ich dir gekauft, Mami wollte das nicht, aber ich hab mich für dich durchgesetzt! Und du solltest dich bei mir schon ein wenig bedanken, Bea!* Mein Herz klopfte wie wild, ich spürte instinktiv, dass ich einer schrecklichen Gefahr ausgesetzt war! Aber natürlich hatte ich keine Ahnung, was Papa von mir wollte! Jetzt flüsterte er mir ins Ohr: *Du wirst jetzt ein bisschen lieb zu Papa sein, ja? Ich zeige dir, wie man das macht, das ist alles ganz einfach! Aber...*" dann war er still, ich hörte nur seinen schnellen Atem, dann flüsterte er weiter: „*...wenn du Mami auch nur ein Wort davon sagst, was wir beide hier jetzt machen, dann ist Mama und auch dein Bum weg, ja? Und zwar für immer, Bea!*" Dann griff er unter die Decke und..."

Beata kann nicht mehr weiter. Sie hat ihr Gesicht in ihre Hände gelegt und ihre Schultern zucken konvulsivisch unter der Belastung dieser grausigen Erinnerungen! Dieter rutscht jetzt ein wenig nach vor, legt seine Hand beruhigend auf Beas Schulter und meint leise:

„Hey, Bea, ja! Das ist sehr, sehr gut, wenn Sie alles raushauen! Das ist ja wie ein lebenslanger Klotz am Bein, denke ich, oder?"

„Wenn es nur das Bein wäre!" schluchzt Bea „Es raubt mir doch schon nächte- und jahrelang den Schlaf! So etwas kann man nicht so einfach wegstecken!"

Lorenz hat seinen Kopf nach rückwärts Skiffo zugewandt, sie sehen sich kurz an und sie wissen beide: sie muss es rausbringen! Sie muss jetzt, wo sie eigentlich anonymen Menschen ihr Herz ausschütten kann, die Gelegenheit ergreifen und versuchen, Ordnung zu machen! Nach einer Weile meint Lorenz:

„Und, Bea? Wurde Ihr Vater wenigstens bestraft für seine Untaten?"

Bea sieht auf, blickt nach links und Lorenz direkt in dessen Augen. Jetzt beginnt sie plötzlich, zu lächeln! Sie nickt kurz und erzählt weiter:

„Er wurde, Lorenz, jawohl, er wurde! Aber vorher muss ich noch erwähnen, dass ich große Schmerzen ertragen musste und ich Mami nichts davon sagen durfte! In vielen Nächten danach kam er zu mir und zog seine Show ab! Es war schrecklich! Noch heute spüre ich seinen verhaltenen, keuchenden Bier-Atem an meinem Ohr, wenn ich daran denke! Seine

Hände, die waren kräftig, er presste mich auf die Matraze, legte sich auf mich kleines Ding drauf, dann hielt er mir mit einer Hand den Mund zu, um meine wimmernden Schmerzensschreie zu ersticken und drang in mich ein! Und ich war doch noch so klein! Aber, Lorenz, Sie haben richtig gehofft: er hat seine verdiente Strafe wirklich erhalten! Niemand hatte von seinen Schweinereien erfahren und er war überzeugt, dass ich alles so unwidersprochen hinnehmen würde und er noch lange, lange Zeit seinen Spaß mit mir haben würde! Aber je länger er mich drangsalierte, desto klarer wurde mein Plan und desto stärker wurde mein Zorn und auch meine Entschlossenheit, diesem erbärmlichen Spiel ein Ende zu setzen!"

Bea macht eine kurze Pause, hat sich zurückgelehnt und sieht in der Ferne ein imaginäres Bild, welches sie nun schildert:

„Ein halbes Jahr später standen wir am Ostersonntag am überfüllten Bahnsteig und warteten auf den Zug nach Osnabrück. Wie immer standen wir knapp am Bahnsteig-Rand, um möglichst als Erste einsteigen und zwei Sitzplätze ergattern zu können! Ich beobachtete konzentriert, wann der Zug einfahren würde! Und da war er auch schon: dampfend und zischend kam er näher und näher! Über den Lautsprecher mahnte man die Reisenden, aus Sicherheitsgründen vom Bahnsteigrand zurückzutreten, aber niemand scherte sich um den Aufruf! Nun war der Zug nur noch einige Meter von uns entfernt, da trat ich hinter Papa und drehte mich mit dem Rücken zu ihm. Als ich sicher war, dass nun maximal fünf Meter fehlten, bis die Lokomotive uns erreichen würde, ließ ich Bum fallen. Ich bückte ich mich ungeschickt und dabei gab ich beim Wiederaufrichten Papa mit dem Rücken einen Stoß, der ihn nach vorne taumeln ließ! Er ruderte wie wild mit den Armen, aber er stand schon zu knapp an der Bahnsteigkante, fiel nach vorne und genau hinunter vor den jetzt schon langsam einfahrenden Zug! Entsetzte Schreckensschreie ertönten, der Zugführer versuchte noch, den Zug rechtzeitig zum Halten zu bringen, aber ich hatte alles exakt berechnet: es gab keine Chance mehr für Papa!"

Bea verstummt und starrt wieder mit halbgesenktem Kopf hinein in die schrecklichen Ereignisse vor langer Zeit!

„Ich hab ihn umgebracht, jawohl, er hat seine gerechte Strafe bekommen! Denkt Ihr, dass ich richtig gehandelt hatte? Müsste ich noch bestraft werden für meine Rache an diesem Dreckschwein von Vater?"

„Aber Bea," erwidert Lorenz, der sich zu ihr hingedreht hatte „Was war denn mit Ihrer Mami? Wie konnte das alles denn passieren, ohne das sie etwas gemerkt haben sollte?"

Lange starrte ihn Bea an, wieder rannen Tränen über ihre Wangen und Lorenz ließ alles so laufen! Endlich holte Beata ein paar Mal tief Luft, wandte ihren Kopf, sah geradeaus durch die Windschutzscheibe und sagte mit klaren Worten:

„Sie hatte es gewusst, Lorenz! Ja, sie hatte alles hingenommen, diese Drecksau!" Einigermaßen erschreckt blickt Lorenz zu ihr hinüber: wie tief muss der Hass in dieser Frau sitzen, dass sie so über ihre leibliche Mutter spricht? Aber Beata fährt wie von einer unsichtbaren Kraft getrieben, fort: „Heute kann ich sagen, das sie sicherlich große Angst vor ihm gehabt haben musste! Aber das kann eine Mutter doch nicht davon abhalten, ihre Tochter vor solch einem Monter zu schützen, oder?"

Jetzt blickt Beata etwas unsicher in die Runde, aber sie sieht nur verständige Mienen!

„Sie dürfen für gar nichts bestraft werden, meine liebe Bea!" resümiert Lorenz „Ihr Vater ist durch einen unglücklichen Unfall zu Tode gekommen, und aus, basta! Aber…" nun macht er eine kurze Pause „…wir meinen, Bea, dass diese letzten Minuten hier bei uns Ihr Leben zum Positiven verändern werden! Es ist heraus, Bea, ja! Eine furchtbar schwere Last ist nun von Ihnen gewichen! Sie haben jetzt einige Mitwisser und alles, was Sie uns eben erzählt haben, wird in unseren Köpfen fest verschlossen bleiben! Und das Wichtigste dabei, liebe Bea, ist: für uns sind Sie nicht schuldig! Daran sollten Sie immer denken, ja?"

Mit großen Augen starrt sie Lorenz an und setzt leise hinzu:

„Ich dachte damals, wenn ich nicht zu seinem Begräbnis gehe, wird einiges von mir abfallen! Aber dem war leider gar nicht so!"

Lorenz hat jetzt seine Rechte augestreckt und tätschelt beruhigend ihren rechten Unterarm! Plötzlich ist ihr so leicht, sie fühlt sich wie auf einer Flaumfeder schwebend und wieder treten ihr die Tränen aus den Augen! Aber sie sieht auch, wie sich plötzlich ein Arm von hinten zwischen den Sitzen zu ihr nach vorne bewegt und ihr die halbvolle Flasche Whiskey gereicht wird! Da muss sie unwillkürlich lächeln, nimmt die Flasche und macht einen kräftigen Schluck daraus! Der Brand rinnt wie glühende Kohlen durch ihre Kehle und Bea beginnt, sich endgültig zu beruhigen!

„Papa hin, Papa her!" hört sie jetzt Skiffo hinten rufen „Liebe Bea, ich beglückwünsche Sie zu Ihrem Mut, uns diese Geschichte erzählt zu haben! Das gibt auch mir Mut, später mein Leben vor Euch ausbreiten zu können!"

Alle lachen befreit und Dieter schlägt vor, bis zum nächsten Bericht noch ein wenig schlafen zu wollen! Alle sind einverstanden und kurz

darauf sind auch schon einige Schnarchlaute im
Wagen zu vernehmen!

****

Und draußen tobt sich General Winter in diesem Teil Deutschlands kräftig aus: seit Stunden schon fallen unglaubliche Massen von Schnee auf die in der einbrechenden Dämmerung stillstehende Wagenkolonne, die aussieht wie ein langer, ohnmächtig daliegender Lindwurm! Öffnet man die Wagentüre, schiebt man bereits einen ordentlichen Haufen Schnee zur Seite, so hoch liegt dieser bereits! Die Vier in Lorenz' Wagen werden durch eine weitere Verkehrsdurchsage geweckt:

Achtung, Autofahrer! Die Bergungsarbeiten auf der A1 zwischen Bramsche und Holdorf dürften noch knappe zwei Stunden in Anspruch nehmen! Die schweren Schneefälle haben nun auch Osnabrück erreicht, dort steht der gesamte Autoverkehr praktisch still, nichts geht mehr! Sowohl die Öffentlichen als auch die privaten Beförderer wie Taxis, Limousinendienste, etc., haben ihre Ausfahrten eingestellt! Und auch der gesamte Flugverkehr in Norddeutschland ist zum Erliegen gekommen! Bitte vermeiden Sie jede nicht notwendige Ausfahrt, bleiben Sie zu Hause und warten Sie ab, bis sich die Lage beruhigt hat!

Skiffo hinten räkelt sich ausgiebig und fragt in den Raum hinein:

„Nun, Freunde? Wären Sie bereit, sich jetzt meine unglaublichen Irrfahrten anzuhören?"

Seine Mit-Insassen nicken oder murmeln ihr *Natürlich, gerne!* Und Skiffo holt noch einmal seinen Flachmann heraus. Er nimmt als Zielwasser einen kräftigen Schluck, wartet noch, bis der letzte, edle Tropfen seine Kehle passiert hat und beginnt:

„Euer Skiffo hieß natürlich nie so: ich heiße Georg, mit Nachnahmen Schinnik. Geboren wurde ich in Münster als Sohn eines Friseur-Ehepaares. Meine Eltern besaßen einen gutgehenden Salon im Zentrum von Münster mit, ich glaube, 25 Plätzen! Der Salon lief wie geschmiert, warum die beiden dann ein Kind haben wollten, weiß ich bis heute nicht: die waren tagtäglich von acht Uhr früh bis acht Uhr abends voll im Einsatz und wenn sie dann nach Hause gekommen waren, zählten sie die Einnahmen! Ich lag bereits, von meiner Nanni Hilde tagsüber bestens betreut, mit meinem Stoff-Kaspar im Bettchen!" Er lehnt sich kurz zwischen den Sitzen nach vorne und meint zu Bea erklärend: „Meiner hieß Leo und auch ich hatte eine unglaublich starke Beziehung zu meinem Spielzeug!" Er kann sehen, wie Bea lächelnd nickt, macht eine wegwerfende Handbewegung und fährt fort:

119

„Aber kein Leo, kein Hanswurst und auch kein...Bum konnten mir die für mich nie erfahrene, aber doch so wichtig gewesene Liebe meiner Eltern ersetzen! Die einzige Zeit, die ich mit ihnen verbringen durfte, waren die Wochenenden, an denen wir in unser Wochenendhaus an einen See - ich hab keine Ahnung, welcher das war - fuhren. Aber auch diese wenigen Stunden wurden nicht ausschließlich dem kleinen Sohn gewidmet: beinahe jeden Sonntag erwarteten meine Eltern Gäste, zumeist ebenfalls Leute aus der Branche! Und dann gab es den ganzen lieben Tag nichts anderes zu besprechen, als Färbetechniken, Ballfrisuren, Einkaufspreise und Personalfragen!"

Skiffo unterbricht sich, sieht längere Zeit in die Vergangenheit, steckt die Spitze seines rechten Zeigefingers in den Mund und überlegt sichtlich! Keiner der Anwesenden spricht auch nur ein Wort! Man möchte den Erzähler, so wie man es bei Beata getan hat, keinesfalls aus dem Konzept, welches er sich soeben im Geiste neu zu ordnen scheint, bringen! Plötzlich hebt Skiffo den Kopf, seine Miene erhellt sich und er nickt lächelnd!

„Und dann, eines Abends, ich war vor kurzem 12 Jahre alt geworden, passierte folgendes: meine Eltern mussten zu einem abendlichen Färbe-Seminar. Sie waren gegen Viertel nach Acht nach Hause gekommen, hatten sich schnell umgezogen und waren schon wieder fort! Und immer mehr fraß mich meine Sehnsucht nach ihrer Liebe auf! Aber ich darf heute bezweifeln, ob ich meine Eltern, auch hätten sie mich gedrückt und liebkost, mit der gleichen Innigkeit, wie mit der ihren gedrückt und liebkost haben würde!

Aber, wie schon gesagt, an diesem Abend geschah Merkwürdiges: Nanni Hilde erklärte mir so gegen 20 Uhr 30, dass sie heute nicht auf die Rückkehr meiner Eltern warten könne, ihre eigene Nichte lag mit Keuchhusten im Bett und deren Mami hatte heute Nachtdienst in der Fabrik! Ich sagte ihr, ich wäre groß genug, alleine daheim bleiben zu können und dass ich natürlich niemandem, unabhängig davon, welche Märchen-Geschichten man mir durch die Türe erzählen sollte, diese öffnen würde! Das genügte Nanni Hilde und sie dampfte ab.

Eine Zeit lang sah ich fern, dann machte ich mir ein Schinkenbrot und stibitzte mir aus dem Kühlschrank ein Bier! Jawohl, ein Bier, eine ganze 0,5-Liter-Dose Bier! Und ich kann mich daran so gut erinnern, als ob es gestern gewesen wäre: ich saß alleine in der riesigen Villa auf dem Dreier-Sofa im Wohnzimmer und mampfte Schinkenbrot und Bier lustvoll in mich hinein! Das schmeckte mir derart gut, dass ich beschloss, ab diesem Abend jede freie Minute in diesem Haus dazu zu nützen, kein

Schinkenbrot mehr zu essen, ohne eine Dose Bier dazu zu trinken!

Parallel dazu erwuchs in mir langsam aber sicher der Teufel! Dieser kleine, gemeine, immer mit seinen Sticheleien endende Teufel, mit seinen Verlockungen, wie „...*was kann dir denn eine einzige Dose Bier schon antun?*" oder „...*sie kümmern sich ja auch nicht um dich, oder? Also brauchst du dich auch nicht um sie und um ihr Geld zu kümmern!*"

Naja, so war das eben, bzw. hat das alles bei mir begonnen: an diesem besagten Abend dauerte es nicht allzu lange und meine Eltern kamen gar nicht spät nach Hause! Und...sie fanden mich im Fauteuil liegend und volltrunken schnarchend! Beide waren entsetzt und wollten natürlich Nanni Hilde die Schuld aufbürden! Gleich am nächsten Morgen, nachdem Nanni Hilde unser Haus betreten und sich im Flur die Schuhe ausgezogen hatte, riefen meine Eltern sie zu einer Aussprache in die Bibliothek! Ich selbst hatte mich unerkannt hinter der Schiebetüre, die von der Bibliothek zum Flur und von dort wieder ins Vorzimmer führte, versteckt! So konnte ich alles nicht nur mithören, ich war auch in der Lage, meine Eltern durch einen Spalt der nur einige Zentimeter geöffneten Schiebetüre zu beobachten! In all ihrer Empörtheit, aber auch mit all ihrer Dummheit, schrien sie meine Nanni nieder! Diese jedoch

hörte sich, in einem mit   rotbraunem Leder
bezogenen Club-Fauteuil sitzend, die Vorwürfe
und die Zurechtweisungen ruhig an! Nachdem
Mama fertig war und Papa mit grimmigem
Gesicht dazu nickte, ging Nanni Hilde zum
Gegenangriff über:

„Sind Sie fertig, Frau Schinnik? Ok? Na,
dann schlage ich vor, Sie hören einmal MIR zu!
Und, wenn ich bitten darf, ohne Unterbrechung,
ja?"

Beide, Mama und Papa, schwiegen betreten und zugleich schuldbewusst, wussten sie
doch insgeheim schon, was da gleich auf sie
zukommen würde! Denn einer Nanni wie unserer Hilde brauchte man hinsichtlich Kinder-
erziehung eigentlich gar nichts zu erzählen!
Nanni Hilde schien zu überlegen und ich war
der Meinung, sie suchte nach nicht allzu harten
Worten für ihre vernichtende Predigt!

„Nun, Frau und Herr Schinnik! Ich be-
treue Ihren Sohn Georg nun schon seit 11
Jahren. Er ist ein aufgewecktes, liebes Kind mit
all den Macken, die ein Kind in seinem Alter
haben kann und auch haben darf! Er hat eine
gute Ausbildung, er hat wunderbares Spielzeug,
er wohnt in einem komfortablen Haus und verbringt viele Wochenenden in Ihrer Villa am
See! Nur verbringt er die nicht mit Ihnen, sondern wieder mit mir, mit seiner Nanni! Wissen
Sie eigentlich, was Ihrem Sohn fehlt? Nein,

wissen Sie ganz sicher nicht! Wüssten Sie es, bräuchte er ja keine Nanni Hilde, oder?"

Ihr Ton war mit den letzten Worten schärfer geworden! Meine Eltern standen am Fenster, bissen die Zähne zusammen und stierten Nanni Hilde mit blitzenden Augen an! Diese betrachtete die beiden Eltern mit prüfendem Blick und fuhr fort:

„Sie haben überhaupt keine Ahnung, wie Ihr Sohn leidet! Denken Sie, er braucht noch einen Kaspar, noch ein chromblitzendes Kinderfahrrad oder noch einen Riesensatz elektrischer Eisenbahn, he?"

Wieder machte sie eine Pause und warf den beiden einen scharfen Blick zu! Aber dann wurde ihre Stimme weicher, beinahe flehend, als sie hinzusetzte:

„Nein, liebe Eltern, nein, nein und nochmals nein! Er hat alles und auch nichts: ihm fehlt nämlich…Liebe, ja! Ihre so immens wichtige elterliche Liebe! Zuneigung, tief empfundene Liebe, die zu geben Sie bis dato nicht imstande waren!"

Sie nickte wie erleichtert, diese Zurechtweisung war eigentlich schon lange, lange fällig gewesen! Meine Eltern standen noch immer regungslos am Fenster, schwer atmend, Mama mit verbissenem Gesicht, während Papa seinen Kopf mit gesenkten Augen hochhielt! Nanni

Hilde hatte sich nun erhoben, blickte die beiden nochmals prüfend an und setzte hinzu:

„Sie müssen wissen, Frau und Herr Schinnik, es ist mir wirklich egal, ob Sie mich rauswerfen oder nicht: tun Sie es, dann muss ich mir das Leiden Ihres Sohnes und Ihr erzieherisches Versagen nicht länger ansehen! Tun Sie es nicht, dann habe ich die große Aufgabe, Ihren Sohn schön langsam auf das harte Leben da draußen vorzubereiten! Denn Sie selbst, so bin ich sicher, werden dies wohl nicht schaffen!"

Damit erhob sie sich und ging hinüber in mein Zimmer. Beide, Mama und Papa, standen schweigend da und wurden zwischen ihren Gewissensbissen sichtlich zerrieben! Jetzt sank Mama auf das Ledersofa, Papa stand hinter ihr und hielt ihre Hand, welche sie ihm über ihre Schulter reichte! Eine Zeitlang sprachen sie nicht, jeder von beiden hing seinen Gedanken nach, besser noch, Nanni Hildes mahnende Worte klangen noch deutlich in ihren Köpfen nach!

Ich weiß heute nicht mehr, welcher Teufel mich geritten hatte, aber ich schob leise die Schiebetüre auf, trat in den Raum und von der Seite an das Sofa heran. Jetzt setzte ich mich stillschweigend neben Mama hin! Beide waren erschreckt aufgefahren, blickten sich hilflos an, aber ich hatte bereits Mamas Hand ergriffen und sagte stockend:

„Warum wollt ihr denn nicht bei mir zu Hause bleiben? Warum müsst ihr denn immer beide ins Geschäft fahren? Kann das nicht Papa alleine schaffen? Dann nämlich könnten wir doch viel mehr Zeit zusammen verbringen und auch viel miteinander spielen, Mama?"

Und wenn ich erwartet hatte, sie würde mich nun in den Arm nehmen, mich drücken und mir zuflüstern, dass sie alles, was Nanni Hilde ihnen an den Kopf geworfen hatte, verstanden hätte, so hatte ich mich gründlich getäuscht! Jawohl! Sie saß nur da und starrte mich an, als sei ich ein soeben in ihre total verkorkste Welt eingedrungener unerwünschter Kobold! Ich wartete und wartete, aber nichts kam von ihr herüber! Ich hatte in meiner kindlichen Hoffnung schon meine Hände geöffnet, um ihre zu nehmen, sollte Mama sie mir reichen wollen! Aber Sekunde um Sekunde zerrannen meine Hoffnungen, exakt wie das Gieß-Blei im Löffel über dem Feuer am Silvesterabend!

Endlich schien sie ihre Sprache wiedergefunden zu haben, wandte sich mir ganz zu und krächzte:

„Also, hör mal, Georg! Das, was Nanni Papa und mir hier vorgeworfen hatte, das kann doch so überhaupt nicht stimmen! Du weißt, wir lieben dich sehr und wollen dir ein schönes Leben ermöglichen! Du sollst eine gute Schule fertigmachen und einen anständigen Beruf erlernen! Was, denkst du, mein Junge, ist denn da schlecht daran?"

Ich war zwölf, hey? Was, bitte, sollte ich ihr denn darauf schon antworten? Dachte sie denn wirklich, sie könnte dieses von ihnen selbst verschuldete, riesengroße Problem allen Ernstes mit ihrem zwölfjährigen Sohn durch eine sinnlose Diskussion aus der Welt schaffen? Viel verstand ich nicht, aber eines wurde mir klar: Nanni Hilde hatte Recht! Vollkommen Recht! Meine Eltern waren eingefleischte Geschäftsleute! Und jeder Euro, den sie durch Mamas Fernbleiben vom Geschäft vielleicht verlieren hätten können, bohrte in ihren Herzen wie ein eingedrungener, glühender Speer!

Also, Nanni Hilde war natürlich geblieben und begleitete mich rührend bis zu meinem 18. Lebensjahr. Ich begann ein Jus-Studium, mein Papa verschaffte mir dann über einen seiner Kunden aus der Politik einen gut bezahlten Posten im Justizministerium und alles sollte doch noch so laufen, wie meine Eltern sich das vorgestellt hatten!

****

Im Alter von 24 Jahren allerdings trieb es mich hinaus in die weite Welt! Ich hatte meinen Job im Ministerium hingeschmissen, worauf Papa mir mitteilte, mich enterbt zu haben. Es war mir scheißegal: ich lief umher wie ein Kind der 68-er-Generation, vergnügte mich auf allen möglichen Musikfesten mit Hippie-Girls auf der Wiese und lebte so in den Tag hinein! Natürlich kam ich mit dem Scheiß-Zeug in Kontakt und es dauerte nicht lange, da war ich unglaublich versiert, was Besorgung und den erfolgreichen Vertrieb von Haschisch und Kokain anbelangte!

Ich trug lange, ungepflegte, hinten mit einem Gummiring zusammengefasste Haare, trug einen Spitzbart á la spanischem Granden und rauchte täglich Shit! Ich verdingte mich als Kellner, als Bauarbeiter und spielte sogar einige Monate lang auf Rhodos als Schlagzeuger in einer wirklich guten Band!

Von einer Hippie-Reise auf die Philippinen brachte ich eines Tages ein Mädchen mit nach Österreich: Miloe, eine 20-jährige, hübsche Prostituierte aus Manila. Da ich mich zwischenzeitlich mit meinen Eltern im Großen und Ganzen ausgesöhnt hatte, durften wir in deren Haus wohnen! Natürlich waren die Eltern zuerst entsetzt gewesen, aber sie akzeptierten meine neue Verbindung und alle lebten wir nun in vernünftigem Frieden gemeinsam im Elternhaus! So lange, bis Mama eines Abends Miloe dabei erwischte, wie sie mir eine Spritze verpasste. Mutter war nicht dumm und schon am nächsten Morgen flogen wir zwei jungen Leute aus dem elterlichen Heim! Meinen Job bei einem Großhandel für Elektrogeräte verlor ich ebenfalls, da man mir im Zuge einer Verkehrskontrolle nicht nur Alkohol, sondern auch Kokain im Blut nachgewiesen hatte! Da ich für das Unternehmen unter anderem auch Auslieferungen durchzuführen hatte, meinen Führerschein jedoch los war, bekam ich prompt die Kündigung! Ihr könnt Euch vorstellen, dass die Bilanz meines bisherigen Lebens gar nicht gut aussah! Und nachdem Miloe mit ihrem professionellen Gespür natürlich sofort den kommenden Untergang vorausgesehen hatte, war sie von einem auf den anderen Tag weg. Ich habe nie wieder etwas von ihr gehört!

Tja, und dann kam das Glück auf einen Sprung vorbei: wie an den meisten Nachmittagen davor, saß ich gegen 16 Uhr in meinem Stammlokal und hätte mich wieder einmal volllaufen lassen! Ich war schon so weit, dass mir alles egal war, ich hatte weder eine Wohnung, noch einen Job und dass ich total blank war, kann jeder verstehen! Mein Stammwirt jedoch war ein mitleidiger Mensch und bis zur nächsten Unterstandslosen-Hilfe durfte ich mir bei ihm auf Vorschuss immer einige Biere reinziehen! Und dann kam dieser Abend, der von mir umgehendes Handeln einforderte! Ein schlaksiger Typ mit Schiebermütze im Schotten-Karo, dunkelblauem T-Shirt, Leinensakko und schwarzen Jeans-Hosen betrat das Lokal. Er nahm an der Bar auf dem Hocker neben mir Platz, bestellte einen doppelten Korn und dann saßen wir wortlos nebeneinander wie zwei alte Sauf-Brüder! Als er seinen zweiten Korn hingestellt bekam, schoss mir der Mut ein und ich fragte ihn einfach, doch eher, weil er ein möglicher Spender werden könnte:

„Na, Meister? Ich weiß natürlich nicht, was Sie drückt, aber mit diesen Doppelten da vor Ihnen kriegen Sie Ihr Problem nie auf die Reihe, wetten?" Dazu grinste ich ihn unschuldig an, nahm mein Glas hoch und prostete ihm zu: „Geschäft, Weiber, Kinder oder Finanzamt! Alle haben doch den gleichen Fehler: man kann nie Ruhe vor ihnen haben, oder?"

Er hatte mir nun den Kopf zugewandt und ich rechnete bereits mit einer Zurechtweisung! Aber er, mit dem Schnapsglas in seiner Rechten, schien nachzudenken! Dann nickte er bedächtig und meinte:

„Da, mein lieber Herr, da treffen Sie immer irgendwie ins Schwarze!"

Und schüttete den Doppelten auf einmal in sich hinein! Seine Linke deutete dem Barmann mit nach unten gerichtetem Zeigefinger, dass der dritte Klare anzurichten sei! Dann drehte er sich ganz zu mir her und meinte:

„Also, mein Freund! Wenn Sie da am helllichten Tag herumsitzen und Bier trinken, welcher Beschäftigung gehen Sie eigentlich nach?"

Ich antwortete prompt und pampig:

„Na, und *Sie*? Ich sehe keinen Unterschied in der Tageszeit, mein lieber Mann!"

Da begann er zu lächeln, nahm den Korn auf und machte das Glas zur Hälfte leer.

„Schon mal was von Nachtgeschäft vernommen?" fragte er mitleidig „Wir Musiker kommen im Normalfalle nicht vor 5 oder 6 Uhr früh ins Bett! Aber dafür haben wir dann am Nachmittag frei und haben Zeit genug, uns für unsere abendlichen Auftritte ein wenig Zielwasser reinzuziehen, verstanden?"

*Na, bravo, Blödmann! s*agte ich zu mir, *Was überhaupt interessiert dich ein wildfremder Kerl, der sich ein paar Schnäpse reinziehen will? War das nur der Neid, oder sonstwas?* Ich holte ein paar Mal Luft, nickte und meinte:

„Also, dann: Entschuldigung, Meister! Das war doch präpotent und blöd von mir, oder? Nachtgeschäft! Pah! Da könnte ich doch ein Lied davon singen: hab doch auch schon Mal längere Zeit in einem Orchester die Trommeln bearbeitet!"

Er bog seinen Oberkörper zurück, runzelte die Stirn und meinte:

„Also, das gibt´s jetzt aber nicht? Sie sind Schlagzeuger? Echt? Ja, was denken Sie denn, warum ich hier sitze und mir ein paar Sorgen-Schnäpse reinziehe? Weil mir heute früh unser Drummer ohne Vorwarnung gekündigt hatte!" Er unterbrach sich, blickte gegen die Decke und schüttelte ein wenig den Kopf, bevor er wieder begann:

„Jetzt mal ehrlich, Kollege: sind Sie up to date auf dem Werkel? Was getrauen Sie sich denn zu begleiten? Jazz? Blues, oder Country? Wie viele große Becken, wie viele Trommeln können Sie bedienen?"

Jetzt brach mir aber der Schweiß aus! War das vielleicht *die* Chance, um wieder ein anständiges Leben anfangen zu dürfen? Und was verlangten die Band-Mitglieder um diesen Typ wirklich? Ich dachte, ich müsste ehrlich sein und antwortete:

„Jetzt hören Sie, Meister! Ich bin seit gut zehn Jahren nicht mehr an der Trommel gehockt! Da darf ich Ihnen jetzt nichts versprechen! Aber, um Ihre Frage zu klar zu beantworten: ich spiele alles, jawohl, alles! Aber ohne ein paar Stunden kräftigem Trainings wäre ich zu unsicher, also noch nicht brauchbar für Euch, ok?"

Jetzt winkte er dem Barmann und verlangte die Rechnung. Meine Biere nahm er gleich mit und ich fragte verwundert, was er denn nun vorhätte? Er rutschte vom Hocker, hielt mir seine Hand hin und sagte:

„Also: fangen wir an, Nägel mit Köpfen zu machen, ja? Ich bin Pete, Pete Lewanger! Meine Band spielt unter dem Namen „*The Gipsies*", wir sind inklusive Ihnen fünf Mann und ich darf sagen, wir machen nicht zu schwere, aber dafür anständige Unterhaltungs-Musik! Also auch Tanz, Geburtstags-, Firmenfeiern und so weiter!"

Ich hatte seine Hand genommen, hörte mir alles an und entgegnete:

„Freut mich riesig, Pete, ja wirklich! Ich bin Georg, mein Spitzname ist Skiffo, aber…"

„Ist mir egal!" unterbrach er mich ruhig und ließ meine Hand los „Eines aber muss dir klar sein, Georg: bei uns wird nicht gekifft, in keinem Fall, ok? Solltest du meinen, ohne dieses Drecksszeug nicht auskommen zu können, werden wir uns umgehend von dir trennen, beziehungsweise fangen wir erst gar nicht an mit dir, alles klar?"

Er sah mich eine Weile an, das war ein offener, ehrlicher Blick und ich spürte, daraus könnte etwas entstehen! Um es kurz zu machen, liebe Freunde: bereits am nächsten Abend trat ich mit seiner Band im Deginger-Bräu in Lohne auf! Pete hatte volles Verständnis für meine Lage und so durfte ich die erste Zeit bei Ihm in seinem Haus in Münster wohnen! Und bereits am nächsten Abend nach unserem zufälligen Aufeinandertreffen bekam ich auch schon meine erste Gage! Alles lief bestens und als Draufgabe lernte ich ein fesches Mädel kennen: Silvie, Silvie Reisinger! Sie ist aber so etwas von süß, joijoijoi!" Skiffo wirft begeistert den Kopf zurück, schließt die Augen und lässt die große Liebe vor seinem geistigen Auge nochmals Revue passieren! „So ein rassiges Weib, sage ich Euch und gerade mit mir fing sie sich etwas an! Ich war im siebten Himmel und es gab nichts, was ich nicht für sie getan hätte! Aber das Schicksal schenkt uns ja leider nicht nur glatte, leichte Abfahrten, wie? Unvermutet finden wir uns auf einer schweren, einer gefährlichen Piste wieder und wenn wir da nicht aufpassen, ist der Unfall unausweichlich! Ja, und mein Sturz war schrecklich:

Eine commerziell glückliche Fügung brachte uns ein bestbezahltes Engagement mit einer großen Hotel-Gruppe und dieses verschlug unsere Band im Juni für einen einmonatigen Aufenthalt auf eine griechische Insel! Wir alle waren bester Stimmung, alles, das vereinbart worden war, funktionierte klaglos und wir meinten, in höchstem Glück zu schwimmen!

Der Teufel aber kam in Gestalt eines braungebrannten Helden namens Jaime aus Rio de Janeiro! Einsfünfundachtzig groß, sportliche, muskulöse Figur, rabenschwarzes, glänzendes volles Haar, blaue Augen, ein gewinnendes Lächeln im Gesicht...naja, was denkt Ihr, konnte ich gegen diesen Adonis schon ausrichten? Und außerdem hatte der Mann Geld, jede Menge: seine Familie besaß in seinem Heimatland das größte Immobilien-Unternehmen und Jaime konnte das Geld, welches ihm seine Eltern laufend auf seinen Weltreisen nachschickten, gar nicht ausgeben!

Tja, und ich wechselte von der glatten auf die holprige, gefährliche Piste! Jaime traf meine Silvie zufällig am Abend in der Halle des Hotels, in dem wir zu einer Geburtstagsfeier aufspielten! Von meinem Platz auf der Bühne musste ich durch die geöffneten Flügeltüren des Festsaales mitansehen, wie die beiden miteinander sprachen, lachten und plötzlich hängte Silvie sich bei ihm ein und sie rauschten ab! Ich musste mich voll konzentrieren, ansonsten hätte ich unseren Auftritt verpatzt: schließlich darf speziell ein Schlagzeuger, also der Taktgeber, sich auch nicht den kleinsten Fehler leisten!

Später oben im Zimmer stellte ich Silvie zur Rede, sie tat natürlich alles ab und meinte, dieser Typ sei doch nichts anderes als ein verwöhnter Playboy, der ausschließlich, wie man im Jargon zu sagen pflegt, auf *Schussfahrt* war! Und sie würde ihn natürlich nicht mehr treffen!

Aber Jaime war der Giftpfeil, den mir das Schicksal in mein verliebtes Herz geschossen hatte: natürlich trafen sich die beiden wieder und wieder! Durch meinen abendlichen Einsatz war ich schonungslos eingesetzt! Ich verdiente zwar gutes Geld, aber um Silvie konnte ich mich nicht kümmern! Dies allerdings tat Jaime ausreichend! Ich würde diesen Playboy nie loswerden und meine große Liebe wahrscheinlich verlieren!

****

Ich konnte nicht anders: ich fühlte mich schrecklich und konnte mich auf meine musikalischen Einsätze beinahe nicht mehr konzentrieren! Pete musste mich mehrmals ermahnen: Gott sei Dank reagierte ich richtig und unsere Auftritte liefen wieder fehlerlos über die Bühne! Aber ich musste sie fragen, ich konnte so nicht weitermachen! Ich wurde das Gefühl, in unserer Beziehung nur mehr der Hanswurst zu sein, nicht los! Also stellte ich sie eines Abends zur Rede. Sie kam zu mir her, legte ihre Arme um meinen Hals, sah mir lange in die Augen und antwortete mir:

„Jetzt hör mal genau zu, du kleines Dummerchen! Den ganzen Tag über liegen wir beide am Strand, fahren in die City, unterhalten uns prächtig und alles läuft doch wunderbar zwischen uns, oder? Aber abends, lieber Skiffo, abends dann bin ich solo, ja? Ich unterhalte mich mit Jaime, wir trinken zusammen, wir tanzen und lachen, aber eines wird es nie zwischen uns geben: dass ich mich mit ihm einlassen würde! Nie, mein lieber Georg, würde ich dich hinterrücks betrügen, nie sollst du das annehmen, ja? Du bist meine große Liebe und mit dir bin ich hier zusammen! Und mit solch einem inhaltslosen Playboy, wie Jaime einer ist, mit solch einem Typen würde ich niemals etwas anfangen, ist das jetzt klar?"

Ich küsste sie zärtlich und war grenzenlos erleichtert! Ich glaubte ihr aufs Wort und für mich war die Angelegenheit geklärt! Aber was dann passierte, damit hätte ich in meinem ganzen Leben nicht gerechnet:

Es war wieder ein wunderbar warmer, angenehmer Abend und die Bar war, wie beinahe jeden Abend, gesteckt voll! Die Gäste unterhielten sich prächtig und tanzten bis in die frühen Morgenstunden! Ich kam gegen 5 Uhr 30 aufs Zimmer, legte meine Kleidung schon im Vorraum ab, um Silvie nicht zu stören, da vernahm ich schluchzendes Wimmern vom Bett her! Erschreckt begab ich mich zu ihr! Das Licht vom Flur fiel in das Zimmer und auf ihr Bett, es war eine eher gespenstische Szene! Sie hatte die Decke über ihren Kopf gezogen und ihr ganzer Körper zuckte konvulsivisch! Ich kniete mich neben sie, berührte sanft ihre Schulter und fragte:

„Hey, kleine Maus! Was…was ist denn los mit dir?"

Sie schluchzte noch einige Male und dann sagte sie stockend und undeutlich, noch immer mit der Decke über ihrem Kopf:

„Dieses Dreckschwein! Er hat mich geschlagen, Georg, ja, wirklich! Es tut so weh!…"

„Na, komm, mein Schatz!" versuchte ich, sie zu beruhigen „Komm jetzt, sieh mich bitte an!"

Langsam begann sie, sich umzudrehen, jetzt lag sie auf der Seite, mir zugewandt und zog die Decke vom Kopf! Ich sah ihr Gesicht und fuhr entsetzt zurück! Da gab es keinen Teil ihres so hübschen Gesichtes, der nicht dunkelblau angeschwollen war! Die Tränen rannen in Strömen hinunter auf das blutverschmierte Polster, ich beugte mich vor und machte die Nachttischlampe an! Und nun wurde es noch grausiger: ihre Augen waren zugeschwollen, ihre Nase dürfte gebrochen worden sein, ihre Lippen waren dick wie Fahrradschläuche und ihr Kiefer hing schief nach der Seite herunter!

„Baby!" rief ich leise in ihr Schluchzen „Baby! Sofort fahren wir ins Spital, los jetzt!"

Ich ließ ihr keine Zeit zur Gegenwehr! So wie sie war, nur mit ihrem Nachthemd bekleidet, trug ich sie zum Lift, fuhr hinunter und rief der Rezeption zu, schnell einen Krankenwagen zu rufen! Meine ursprüngliche Idee, mit dem Taxi ins Spital zu fahren, hatte ich schon im Lift verworfen: Silvies Zustand war zu ernst, um mit irgendeinem wilden Taxifahrer durch die Gegend zu rasen! Die verschlafene Rezeptionistin reagierte sofort und ich legte Silvie auf der Bank einer der Sitzgarnituren ab. Jetzt drückte sie leicht meine Hand und sprach undeutlich mit ihren geschwollenen Lippen:

„Wir waren am Strand spazieren gegangen, es war schon nach Mitternacht, Skiffo! Er wollte mich vergewaltigen, ja wirklich! Ich hab mich gewehrt, so gut ich nur konnte und dann hat er begonnen, zuzuschlagen! Immer und immer wieder! Aber ich hab ihm keine Chance gegeben und das hat ihn immer wütender gemacht! Er hat geschrien vor Zorn über seine Niederlage, der Speichel rann ihm aus dem Mund und wieder und wieder hat er zugeschlagen! Aber er war so furchtbar wütend, dass er einen Moment nicht aufpasste und ich konnte ihm entkommen und ins Hotel hinauf rennen!"

„Ganz ruhig, bitte, Kleines!" flüsterte ich „Ganz ruhig jetzt! Gleich werden sich die Ärzte um dich kümmern und über alles andere reden wir morgen, ja?"

Sie nickte leicht und dürfte dann in Ohnmacht gefallen sein! Schon nach einigen Minuten war der Krankenwagen da! Und natürlich behielten sie meine Kleine dort! Ich sprach mit dem Arzt, der Nachtdienst hatte. Er schien mir ein sehr vernünftiger und verantwortungsvoller Mensch zu sein! Natürlich wusste er nicht, ob ich es war, der ihr diese Verletzungen im Streit zugefügt haben könnte! Ich klärte ihn aber sofort auf und er sah mich nochmals prüfend an, bevor er mir seine Diagnose bekanntgab:

„Nach meinen ersten Untersuchungen muss ich feststellen, dass ihre Nase und auch der Kiefer gebrochen sind. Unter Umständen auch das linke Jochbein! Alles, was so grausig aussieht, also die Schwellungen, die gehen bald zurück! Aber wir werden sie mit Sicherheit für eine Woche hierbehalten müssen! Sie können jetzt nach Hause fahren! Besuchen Sie sie morgen, aber erst nachmittags, wir werden uns, um sie wieder ganz herstellen zu können, doch intensiver um sie kümmern müssen, ok?"

Ich hätte sie so gerne noch gesprochen, er aber meinte, dies wäre jetzt gar nicht passend! Also ersuchte ich ihn, ihr meine besten Wünsche auszurichten, was er mir auch zusagte! Ich war so durcheinander, dass ich mir kein Taxi rief. Das waren gute eineinhalb Stunden Fußmarsch bis zu unserem Hotel, aber ich hatte mich entschlossen, zu Fuß zu gehen: die frische Morgenluft tat mir gut und ich wollte meinen Kopf frei kriegen für andere Gedanken. Nämlich für jene, wie ich diesen erbärmlichen Schweinehund von Jaime für seinen Gewaltakt gerecht bestrafen würde! Ja, und so erstieg der Plan der Rache die Stufen zum Olymp hinauf und ich begann zu handeln:

****

Da wir, meine Band-Kollegen, Silvie und ich uns tagsüber entweder am Strand oder am Pool aufhielten, war es nicht zu vermeiden, dass ich Jaime, der sich in unverschämter Weise zu uns gesellt hatte, kennengelernt hatte! Er verhielt sich immer gentlemanartig, brachte uns allen Drinks, erzählte von seinen Reisen und wir schwammen gemeinsam hinaus aufs Meer!

An diesem besonderen Tag kamen wir etwa zur gleichen Zeit an den Pool. Und sofort sah ich seine zerkratzten Arme, seine leicht geschwollenen Hände, aber ich ließ mir nichts anmerken! Über seine unglaubliche Präpotenz, heute hier zu erscheinen, hätte ich vor Zorn zerplatzen können!

„Das glaubt doch kein Mensch, Jaime!" sagte ich kopfschüttelnd und mit gespieltem Unverständnis zu ihm, während wir gemeinsam die Treppe zum Pool hinuntergingen „Meine Silvie ist abgehauen! So ganz einfach abgehauen! Nur einen Zettel hat sie mir dagelassen mit der Nachricht, dass sie wegen eines Todesfalles in der Familie doch glatt umgehend zurück nach Berlin musste!"

Er nickte nur leicht und murmelte etwas von: das täte ihm leid! Ich schüttelte verständnislos den Kopf und meinte noch:

„Und ihr Handy hat sie ebenfalls abgeschaltet! Sag mal, Jaime, du hast dich doch so nett um Silvie gekümmert: hat sie denn gar nichts zu dir gesagt, dass sie möglicherweise schnell abreisen müsste?"

Total verunsichert wanderte sein Blick von mir hinüber zum Café und weiter zum Strand, aber alles, was er hervorbrachte, war ein undeutliches „…nnnein…!" Also ließ ich es dabei bewenden, um ihn nicht noch mehr zu verunsichern!

Es schien wieder ein heißer Tag zu werden und ich schlug Jaime vor, mich auf einer Jet-Ski-Fahrt zu begleiten! Etwas überrascht blickte er mich an: wusste er doch, wer ich war und er konnte nicht sicher sein, ob und wie weit ich in ihrer beider Verhältnis bereits Einsicht gewonnen hatte! Aber er wagte nicht, abzulehnen und sagte zu! Ich ging, um das Gerät abzuholen. Vorher begab ich mich noch schnell auf unser Zimmer, um mir meinen Proviant-Beutel mitzunehmen! Dann fuhr ich am Strand vor, Jaime stieg auf und wir legten ab. Alle Freunde und Bekannten begleiteten uns mit ihren Rufen und winkten uns hinaus aufs offene Meer! Ich drehte den Gashebel auf voll und wir flitzten in langen, sanften Schlangenlinien weiter, immer weiter hinaus!

„Wie weit wollen wir denn fahren?!" rief mir Jaime von hinten über die Schulter zu.

„Nicht mehr allzu weit!" rief ich zurück „Wir werden draußen noch ein kleines Schwimmerchen machen: dort ist das Wasser viel schöner als hier, nahe am Strand! Und danach können wir zurücksausen, ok?"

Ich blickte kurz zurück. Der Strand war jetzt nur mehr undeutlich zu erkennen! Ich verlangsamte unsere Fahrt, bis ich dann den Motor abstellte und unser Jet-Ski ruhig auf dem Wasser schaukelte. Ich befreite mich vom Sicherheitskabel und rief:

„Hopp, hopp! Rein mit uns, Junge! Sonst kriegen wir noch einen Sonnenbrand! Du wirst staunen, Jaime, wie erfrischend hier draußen das Wasser ist!"

Ich erhob mich und verfolgte Jaimes Bewegungen genau. Als er in einer instabilen Position war, riss ich wie ungeschickt den Jet-Ski zur Seite, so stark, dass dieser, begleitet von meinem Schreckensschrei, umkippte! Beide fielen wir kopfüber ins Wasser, gleich darauf tauchten wir wieder auf und Jaime rief mit leicht bösem Unterton in der Stimme:

„Hey, Skiffo! Bist du in dieser Nummer noch frei? Das war zwar exzellent ausgeführt, aber hier draußen hast du doch kein Publikum?!"

Ich lachte laut auf und näherte mich wie unbeabsichtigt meinem Nebenbuhler! Dieser schwamm neben dem Jet-Ski hin und her und wie ich feststellen durfte: ein besonders guter Schwimmer konnte er nicht gewesen sein! So schwammen wir einige Minuten neben unserem

Gefährt und Jaime dürfte bereits die Luft knapp werden! Mit seinem Fitness-Training besaß er zwar Momentan-Kraft, jedoch keine Ausdauer und darum hatte er keine wirklich sichere Möglichkeit, den Jet-Ski zu erhaschen! Jedes Mal, wenn er schon nahe am Gefährt war, um sich daran festhalten zu können, gab ich dem Jet-Ski unter Wasser mit dem Fuß einen leichten Schubs von Jaime weg und die leichte Dünung kam mir dabei zugute! Auch seine Beinarbeit war nicht gerade perfekt und wer keine gute Beinarbeit aufweist, der benötigt eben vermehrt seine Arme, um oben bleiben zu können! Nun schwammen wir bereits knapp eine halbe Stunde umher und ich hatte null Schwierigkeiten: das ist eben der Vorteil des Savoir vivre: Nichtstun, Schwimmen, Tanzen, Beach-Volleyball! Und, by the way, darf ich hier erwähnen, dass wir Schlagzeuger schon einige Kraft in die Armen bekommen, wenn wir sechs Mal in der Woche je sechs bis sieben Stunden auf unsere Geräte eindreschen dürfen! Ich hatte Ausdauer genug und konnte beobachten, dass Jaime schon mit der Luft zu kämpfen schien! Jetzt brauchte ich das Gefährt schon nicht mehr heimlich wegzustoßen: immer wieder versuchte Jaime, sich auf den umgekippten Jet-Ski hinaufzuziehen, aber ihm fehlte einfach die Kraft dazu! Er hatte keine Ahnung: würde er sich nämlich auf der gegenüberliegenden Seite hochziehen, er könnte das Gefährt problemlos aufstellen! Immer wieder bekam er eine Portion Salzwasser in den Mund, spuckte und hustete, dass es mir eine echte Freude war, ihm zuzusehen!

„Hey, Skiffo!" keuchte er jetzt „Scheiße! Wie bekommen…wir diesen…verdammten Jet …wieder hoch? Mir geht…mir geht schon…die Luft…!"

Ich war jetzt auf der anderen, Jaime abgewandten Seite nahe an den Jet-Ski herangeschwommen, griff hoch, öffnete den Deckel des großen Ablagefaches und entnahm ihm einen länglichen, in ein Handtuch eingewickelten Gegenstand. Jaime merkte nichts davon, er war zu beschäftigt damit, sich über Wasser zu halten! Nun schwamm ich hin zu ihm, hob meine freie Hand, deutete zum Strand und rief:

„Sieh mal, Jaime, da drüben! Wenn wir unser Gefährt nicht mehr hochbringen, werden uns diese Leute dort sicherlich helfen, wieder heil zurückzukommen!"

Er wandte sich hoffnungsvoll um und suchte das Meer ab! Ich schob jetzt den Jet-Ski zwischen uns und den Strand, um keinesfalls zufällig von irgendeinem Fernglas-Besitzer vom Strand aus beobachtet zu werden! Jaime verstand nun überhaupt nichts mehr, aber das musste er auch nicht: mit unheimlicher Wucht, in der meine ganze Wut auf ihn zum Ausdruck kam, ließ ich das ca. 40 cm lange Bleirohr,

welches ich auf meinem morgendlichen Heimweg vom Krankenhaus neben der Straße aufge-
lesen hatte, auf seinen Hinterkopf niedersausen!
Sofort spritzte Blut über mich, Jaime aber
schwamm weiter! Nun bedurfte es nur mehr
eines weiteren Hiebes und Jaimes Bewegungen
erstarben abrupt! Langsam sank er vor mir in
die Tiefe und ich beobachtete mit Grausen, wie
er langsam, unter der Reihe seiner aufsteigen-
den, letzten Luftblasen und einer Blutspur,
meinem Blick entschwand!

Es war unheimlich ruhig um mich her und
ich legte mich auf den Rücken, um mich zu
beruhigen! Nach einigen Minuten merkte ich,
dass ich das Bleirohr immer noch in der Hand
hielt! Angeekelt wollte ich es schon loslassen,
im letzten Moment jedoch entsann ich mich
meines Planes: das alles musste doch perfekt
ablaufen, nicht der leiseste Verdacht durfte auf
mir kleben bleiben! Ich schwamm nahe an den
Jet-Ski heran und fuhr mit dem blutigen Ende
des Rohres über die rechte, vordere Bug-Kante
des Gefährtes! So konnte man genau sehen, wo
Jaime mit dem Kopf an den Bug geschlagen
sein musste! Ich betrachtete prüfend die blut-
befleckte Stelle, dann ließ ich das Bleirohr los
und sofort sank es unter mir weg in die gnädige,
dunkle Tiefe der Ägäis..."

Skiffo muss abbrechen: er hat plötzlich
stark zu zittern begonnen, kann seine Hände

nicht mehr ruhig halten und atmet nun schwer und schnell! Mit gesenktem Kopf sitzt er da, die Hände zum Beruhigen zwischen seine Knie gepresst und Beata, vor ihm, meint leise, indem sie zwischen die Vordersitze nach hinten meint:

„Hey! Hey, Skiffo! Versuchen Sie, sich zu beruhigen! Das war doch super, was Sie da eben von sich gegeben hatten! Da kann ich nur sagen: *Willkommen im Klub, Mann!*"

Lorenz auf dem Fahrersitz hat sich ebenfalls Skiffo zugewandt, sieht ihn eine Weile lang mit zusammengekniffenen Augen an und meint dann:

„Und? Hat man ihn gefunden, Skiffo? Hatten Sie Schwierigkeiten mit den Behörden? Jaime war dann doch abgängig, oder?"

Skiffo nickt bedächtig, hebt wieder den Kopf und fährt fort:

„Ihr werdet das nicht glauben, Leute, aber alles lief glatt ab, so wie ich es geplant hatte! Ich kam aufgeregt zurück an den Strand, die Polizei wurde verständigt, ich widerstand den Verhören locker, schließlich gab es keine Zeugen! Jaime wäre leichtsinnigerweise aufgestanden, eine Dünung bremste das Gefährt abrupt ab und er stürzte nach vorne! Er wäre mit dem Kopf auf die rechte vordere Kante des Jet-Skis aufgeschlagen und das musste ein solch harter Schlag gewesen sein, dass er sofort tot war und untergegangen war! Und da ich noch einige Zeit benötigte hätte, um das Gefährt unter Kontrolle zu bringen, war es mir nicht möglich gewesen, sofort nachzuspringen! Dann wäre ich gleich hinterher ins Wasser gesprungen, um ihn zu retten, aber da war er bereits unter Wasser gesunken und ich konnte ihn nicht mehr entdecken! Die Blutflecken an der Frontseite des Jet-Skis komplettierten meine Geschichte glaubhaft und ein Verfahren gegen mich wurde Gott sei Dank nie eingeleitet! Und abschließend soll ich dazu erwähnen, Leute: interessanterweise wurde Jaimes Leiche nie gefunden…"

Langes Schweigen folgte nun in dem völlig zugeschneiten Fahrzeug! Und die draußen bereits herrschende Dunkelheit symbolisierte ein wenig Skiffos grausige Erzählung! Der aber dürfte noch einiges auf Lager haben und er meldet sich wieder:

„Als ich Silvie nach acht Tagen vom Krankenhaus mit einem Leihwagen abholte, erzählte ich ihr, was draußen auf dem Meer passiert war! Sie wandte ihr an einigen Stellen immer noch blutunterlaufenes Gesicht zu mir her, starrte mich an und schüttelte kurz ihren Kopf! Natürlich wusste sie sofort, was da draußen abgelaufen war!

„Skiffo, mein Skiffilein!" flüsterte sie vorwurfsvoll „Er war ein schrecklich aggressiver Mensch, ja? Aber musste es denn gleich einen Unfall auf dem Meer geben? Hätte da nicht eine kräftige Abreibung in der Nacht irgendwo in einer Seitengasse auch gereicht?"

Ich blickte sie von der Seite an. Und noch immer stieg in mir unendliche Wut auf diesen Drecksack Jaime wegen dieser Mißhandlungen auf! Aber man konnte schon erkennen: alles schien doch gut zu verheilen!

„Erstens, meine Liebe, wüsste ich nicht, wen ich mit solch einer brutalen Bestrafung beauftragen sollte! Und zweitens, Herzchen, weiß ich nun mit Sicherheit eines: dieser erbärmliche Wicht wird niemals wieder einer wehrlosen Frau Gewalt, egal in welcher Form auch, antun können, ok? Und damit," schloss ich mit einer entsprechenden Handbewegung meine Antwort ab „und damit ist diese Angelegenheit für immer und für ewig abgeschlossen! Und ich möchte auch nie wieder darüber sprechen müssen! Können wir beide so verbleiben?"

„Das ist aber schon ein mutiger Schritt, nicht wahr?" fragt Dieter in den Raum hinein „Fürchten Sie nicht, dass wir Sie den Behörden melden könnten, lieber Skiffo?"

Dieser lacht jetzt kurz auf, es ist aber kein natürliches, sondern ein eher herausgepresstes Lachen:

„Ihr und mich anzeigen? Na, da fürchte ich mich aber schon! Ich denke, gar nichts werdet Ihr unternehmen, oder? Jeder von uns hat doch Dreck am Stecken! Alles nicht nachweisbar! Außer zu Ihrem Totschlag, mein lieber Dieter, gibt es ja Null Beweise!"

Dieter beugt sich vor, fasst Lorenz' Rückenlehne an, zieht sich daran nach vorne und fragt mit überzogen grimmigem Ton:

„Hey, Meister Lorenz! Wir alle warten schon ungeduldig auf Ihre Geschichte, hehehe! Was können *Sie* uns über Ihr Leben berichten? Sie waren doch nicht immer Spezialglas-Verkäufer, oder?"

Wieder herrscht einige Sekunden Schweigen, dann holt Lorenz tief Luft, lässt den Atem lange aus seinen Lungen strömen und sagt:

„Hey, Freunde! Gerne werde ich euch von mir genügend erzählen können, aber ich hab zurzeit ganz dumpfe Kopfschmerzen! Ich werde mich vielleicht eine halbe Stunde ausruhen, danach gibt's eine spannende Geschichte zu hören, genehmigt?"

Allgemeines Einverständnis folgt und Lorenz meldet sich mit geschlossenen Augen ab! Und seine Mitinsassen tun Gleiches!

Die nächste Verkehrsdurchsage nach etwa 40 Minuten gibt bekannt, dass man die Autobahn in etwa eineinhalb Stunden wieder freikriegen würde. Alle vier sind aufgewacht, Lorenz richtet sich in seinem Sitz auf, denkt noch einige Sekunden nach und beginnt zu erzählen:

„Nunja, Herrschaften, das alles begann folgendermaßen: meine Karriere als Spezialglas-Fabrikant begann ja erst, als ich mein bisheriges Leben abgestreift hatte!"

„Na, sag ich doch!" ruft Dieter „Abgestreift, ja! Also haben Sie ebenfalls Einiges zu verbergen, Lorenz! Aber, keine Angst, Meister, von uns Dreien hier verpfeift Sie sicherlich keiner, hahaha!"

Lorenz achtet nicht auf ihn: der Mann war ihm nicht geheuer: noch vor kurzem zeigte er einen völlig gebrochenen Menschen, jetzt aber war er zu Späßen aufgelegt? Und zuvor noch war ihm Dieter ausgesprochen unsympathisch geworden, speziell wegen dessen schrecklichen Wutausbrüchen!

****

„Also, Herrschaften, jetzt hört mal zu!" begann Lorenz, während er seine Hände auf das Lenkrad legte „Ich war damals so um die 18 Jahre alt, hatte zwar meine kaufmännische Ausbildung abgeschlossen, die mistige Bezahlung jedoch hielt mich davon ab, in die Verwaltung zu gehen! Ich trödelte einige Wochen umher, begann, mich im Fitnessstudio kräftemäßig herzurichten und eigenartige Freundschaften zu schließen! Eines schönen Tages spazierte ein kleiner, elegant gekleideter Mann Ende 60, Anfang siebzig durch die Türe in unser Stammlokal! Er musterte uns Burschen, die da so herumstanden, einige mit ihrem Glas Energydrink in der Hand, aber alle gut aussehend, schlank und sportlich! Er hatte sich entschlossen, kam auf Vickerl, meinen Busenfreund, und mich zu, blieb stehen, taxierte uns nochmals von oben bis nach unten und meinte dann leise:

„Da kriegt mein Boss doch glatte fünfzig Tausend von einem Schuldner. Einem Schuldner, der zwar jede Menge Kies hat, aber partout nicht zahlen will! Zehn Prozent für euch, wenn ihr den Mann dazu bringt, cash zu bezahlen, hm?"

Vickerl und ich, wir sahen uns an und dachten, jetzt sind wir aber schon verdammt wichtig, oder? Ich riss mich zusammen und antwortete mit belegter Stimme:

„Punkt eins, mein lieber Herr: wo wohnt dieser Typ? Punkt zwei: hat er Body-Guards? Wenn ja, kann man sie beschreiben? Punkt drei: soll der Typ, nachdem er bezahlt hat, weiterleben dürfen? Und Punkt vier: unsere Kohle muss es nach Erledigung und Übergabe des eingetriebenen Betrages an Sie sofort geben, passt das so?"

Er griff in die Tasche und holte einen Zettel im Format eines Briefkuverts heraus. Diesen reichte er uns, ich nahm ihn an und wir sahen darauf: ein Punkt war noch offen: Der Schuldner sollte nicht umgebracht werden, sondern nur eine Abreibung in Form einiger Fußtritte erhalten!

Naja, was darf ich Euch berichten, Freunde? Schon am dritten Tag, nachdem wir diesen Auftrag angenommen hatten, übergaben wir in einer hellbraunen, ledernen, Aktentasche die Fünfzigtausend an unseren eleganten Vermittler! Er öffnete die Tasche mit dem Geld und zählt uns kommentarlos fünftausend Euronen auf den Tisch!"

„Aha!" ruft Skiffo, der sich wieder locker fühlte „Also waren Sie ein Geldeintreiber für die Unterwelt?"

Lorenz nickt leicht, blickt kurz auf und fährt fort:

„Und ab diesem Tag waren wir fix angestellt bei einem der großen Unterwelt-Bosse von Berlin! Beinahe wöchentlich bekamen wir einen Geldeintreibe-Auftrag zugestellt, den wir zur Zufriedenheit unseres Bosses auch konsequent ausführten! Ja, und der Krug geht bekanntlich so lange…"

„Jaja," raunt Dieter dazwischen „jaja! Es ist nicht die Frage, *ob* der Krug bricht, sondern *wie* er bricht: hatten Sie gar Streit mit Berlin?"

„Aber nein, ganz und gar nicht!" antwortet Lorenz „Uns war ein trauriges Unglück passiert: von einem Schwarzen, der sich natürlich illegal in Deutschland aufhielt, sollten wir einen kleineren Betrag einfordern. Das war wirklich nicht so viel, ich weiß noch, es waren Zehntausend! Also zogen wir unser Geschäft durch, so wie wir das immer gestalteten: zwei Tage lang observierten wir sein Haus, dann wussten wir, wann er nach Hause kam. Wir gingen hinauf, zogen unsere Gesichtsmasken über und läuteten an seiner Türe! Wir wussten, er war mit Sicherheit zu Hause anzutreffen, deshalb ließen wir nicht nach und klopften weiter an seine Wohnungstüre! Da wir ihn auch noch dazu lautstark aufforderten, zu öffnen oder wenigstens das Geld herauszurücken, wurde ihm das vor seinen Wohnungsnachbarn, die garantiert alle hinter ihren Türen lauerten, um alles über diesen „Schwarzen" zu erfahren, zu peinlich und er öffnete uns. Sofort drangen wir brutal in den Flur, packten ihn und stießen ihn ins Wohnzimmer! Dort aber hielten wir an, wie gegen eine Mauer gerannt: auf der Bettbank saß eine junge farbige Frau mit ihrem Baby, welchem sie eben die Brust gab! Jetzt standen wir da, niemand wusste, wie es weitergehen sollte! Bis ich mich dann gefangen hatte, mich vor dem Schwarzen aufbaute und meinte:

„Höre mal, Junge! Du schuldest unserem Boss einen Zehner? Und wir kommen her, um ihm seine Kohlen zu wiederzubeschaffen, verstehst du das?"

Er starrt uns aus großen Augen, in denen das Weiß unnatürlich strahlte, an und antwortete kopfschüttelnd:

„Ich bitte nicht wissen, warum du kommen hier? Ich kenne nicht ein Mann, was hat gegeben mich Geld? Ich nie in meine Leben habe geborgt Geld von andere Mann! Wer ist diese Mann, was will haben Geld von mich?"

Naja, das war dann nicht so gut, aber das wäre nicht das erste Mal gewesen, dass ein Schuldner abgestritten hatte, sich Geld geborgt zu haben! Alle bisherigen Lügner hatten wir entlarvt, sie ein wenig verprügelt und ihnen dann am nächsten Tag, als sie noch fähig waren selbst zu gehen, die Kohlen abgenommen! Hier aber war ich mir sicher, dass dieser Bursche die Wahrheit sprach!

„Du bist doch Mbinna Ganoyi, oder?"

Daraufhin schüttelte er wortlos den Kopf! Seine ruhige Art, sein aufrichtiger Blick, das alles ließ mich daran zweifeln, ob wir hier richtig waren! Ich überlegte kurz und sagte dann:

„Also, wenn du das nicht bist, dann wirst du nicht mehr belästigt, ok? Solltest du jedoch dieser Mbinna sein und unserem Boss doch Geld schulden, dann könnt ihr," und nun deutete ich auf seine Frau mit dem Baby, „euch auf einiges gefasst machen! Wir kommen gleich wieder, nachdem wir alles geklärt haben!"

Er reagierte nicht, sah mich nur an und deutete höflich zur Türe! Ein solcher Fall war uns noch nie untergekommen! Vickerl ging vor in den Flur, ich knapp hinter ihm zur Eingangstüre. Ein untrügerisches Gefühl ließ mich herumfahren und im letzten Moment entging ich dem tödlichen Stoß seines riesigen Jagdmessers! Die Klinge verfehlte mich um ein Haar und zerfetzte mir mein Sakko! So schnell konnte Vickerl gar nicht sein, dass ich den Burschen nicht schon mit einer unheimlichen Wut im Bauch einen Faustschlag versetzen konnte! Jetzt rangen wir kurz im Flur, dieser war so schmal, dass mein Kollege Vickerl mir nicht zu Hilfe kommen konnte! Ich hielt das Handgelenk des Schwarzen fest umklammert, keiner von beiden wollte nachgeben und leider kam es so, wie ich niemals gehofft hatte: irgendwie gab es eine ungeplante, heftige Abwehr-Bewegung,

beide stolperten wir über einen im Flur abge-
stellten Karton und das Messer in seiner Hand
fuhr ihm in den Hals! Ich stand über ihm, seine
Hand hielt noch immer das in seinem Hals
steckende Messer umfasst! Und langsam sank
Mbinna vor mir an der Wand zu Boden,
während sein Herz furchtbare Mengen an Blut
pulsierend aus der Wunde stieß!

Wir standen da, keiner brachte ein Wort
hervor, aber jetzt hatte sich die Frau erhoben
und kam, mit dem Baby am Arm, in den Flur!
Als sie ihren Mann daliegen sah, begann sie
hysterisch zu schreien! Beide rannten wir die
Stiegen hinunter, zogen uns die Gesichtsmasken
ab und traten hinaus auf die Straße! Dort gingen
wir im Normaltempo bis zu nächsten Hausecke,
bogen nach links ab und von hier waren es nur
mehr zwei Gassen bis zu unserem Wagen!"

****

Lorenz´ Hände halten das Lenkrad umklammert, so als wollte er dieser schrecklichen
Erinnerung davonfahren! Nun wendet er seinen
Kopf hin zu Beata und sieht sie wortlos an.
Diese blickt starr geradeaus in den Schnee, der
die Windschutzscheibe total bedeckt! Jetzt räuspert sich hinten Dieter einige Male leise, bis er
sagt:

„Naja, das weiß man schon: es ist ein
gefährlicher Job, dieses Geldeintreiben in der
Unterwelt, nicht wahr? Und dann…ja dann
passiert es schon einmal, dass das Ganze aus
dem Ruder läuft, so wie das in Ihrem Fall - und
wie auch in meinem - passierte, Lorenz! Aber…
was uns alle natürlich interessiert: wurden Sie
oder Ihr Kollege ausgeforscht? Bekamen Sie
einen Prozess? Mussten Sie dafür einsitzen?"

„Ich…tja ich…nun, ich muss gestehen,
mein Chef war absolut loyal, er wusste natürlich, wer in diesen Fall verwickelt war! Schließlich waren wir beide, Vickerl und ich, gleich
danach bei ihm in seinem Haus und berichteten
alles bis auf den letzten Punkt! Er hörte uns
ruhig zu, stand auf, ging einige Male im Raum
auf und ab und meinte dann:

„Aus Sicherheitsgründen, Jungs, rate ich
euch: verzieht euch für eine Weile, ok? Lasst
euch im großen Umkreis von Berlin nicht bli-
cken! Immer kann es passieren, dass ein Augen-
zeuge euch zufällig irgendwo, im Supermarkt,

in einem Tabakladen, etc., etc., erkennt und euch anzeigt!"

Dann griff er in linke, obere Lade seines Schreibtisches, holt ein Bündel Geldscheine hervor und legte diese vor uns auf den Beistelltisch hin:

„Scheißegal, ob wir das Geld von dem Schwarzen reinbekommen haben oder nicht! Ihr kriegt eure Prämie trotzdem! Ist eben etwas schiefgelaufen und da könnt ihr ja nix dafür! Also, meine Herren: ab nach Düsseldorf, Frankfurt, München, oder sonst wohin! Und wenn ihr außer Landes fliegen wollt, dann bitte in getrennten Maschinen, ja?"

Tja, er war eben ein, wie wir zu sagen pflegten, *gerader Michl*! Und so lief das alles ab! Die Angelegenheit verlief im Sand, es gab keine Spuren, die zu den Tätern führen hätten können! Eine Personenbeschreibung durch die Frau von Mbinna Ganoyi gab es auf Grund unserer Gesichtsmasken nicht! Ich brauchte dann noch einige Monate, um über diesen furchtbaren Vorfall hinwegzukommen, aber dann änderte ich mein Leben um 180 Grad!

Diese Fabrik, welche ausnehmend teure Spezialgläser produziert, suchte einen Assistenten der Geschäftsleitung. Ich hatte zwar eine kaufmännische Ausbildung, aber natürlich noch keine Ahnung von betriebsinternen Abläufen! Aber ich war vernünftig und gab dies anlässlich meines Vorstellungsgespräches dem Personalchef korrekt bekannt! Das imponierte ihm und er gab mir diese Chance! Tja, und heute bin ich in diesem Unternehmen oberster Verkaufschef für ganz Nord-Deutschland! Ich muss zugeben, diesen Scheiß von damals, den hab ich komplett abgebaut! Und, wären wir heute nicht in dieses Sauwetter reingefahren, ich hätte diesen Vorfall sicherlich nie wieder aufgerufen, das könnt Ihr mir glauben!"

Nach einer Weile meldet sich Skiffo:

„Hey, Freunde! Das alles klingt doch wie ein Horror-Roman, nicht? Da sitzen vier Menschen auf engstem Raum zusammen, vier Menschen, die doch alle in eine grausige Todesart involviert waren! Und kein einziger Fall wurde mit Gefängnis geahndet, ist das nicht skurril?" Er hob kurz den linken Arm und meinte dazu: „Naja, bis auf einen vielleicht...?"

Er holt seinen Flachmann mit dem Whiskey hervor und reicht ihn herum.

„Darauf wird einer gehoben!" ruft er „Solch eine unheimliche Begegnung, die gibt´s doch wirklich nicht alle Tage, oder?"

Alle vier nehmen einen kräftigen Schluck, dann meldet sich Beata etwas schläfrig:

„Also, meine Herren: ist ja wahr, was wir da eben voneinander erfahren haben, nicht? Aber was wir nicht tun müssen: wir müssen uns nicht schwören, über das heute Gehörte absolutes Stillschweigen bewahren zu müssen, hehe! Was nämlich hier so interessant ist: niemand kann den anderen anzeigen, da er selbst ja jede Menge Mist gebaut hatte, nicht?"

Dazu kichert sie wie ein kleines Kind, das seinem Geschwister sein Spielzeug versteckt hat!

„Ich möchte schlafen!" murmelt Dieter hinten „einfach nur schlafen! Dieser Whiskey, der ist ja wirklich fein, aber müde, Herrschaften, müde macht er mich ja doch!"

****

Innerhalb einiger Minuten sind alle vier eingeschlafen und nur die ruhigen Atemzüge der Schlafenden sind zu vernehmen! Etwa 30 Minuten später kommt die Nachricht über den Verkehrsfunk:

Achtung, Autofahrer! Die schwierigen Aufräumungsarbeiten nach dem schweren Unfall auf der A1 zwischen Bramsche und Holdorf konnten abgeschlossen werden und der Stau beginnt sich nun aufzulösen! Bis die Autobahn jedoch wieder ungestört befahren werden kann, wird es schon noch etwa 40-45 Minuten dauern! Wir wünschen Gute Fahrt!

Lorenz räkelt sich in seinem Sitz und meint:

„Ja, Herrschaften, ich denke, langsam wird es Zeit, unsere Fahrzeuge vom Schnee zu befreien, was meinen Sie?"

„Grundsätzlich ok," bemerkte Skiffo „aber so, wie der Schneefall zur Zeit abgeht, können wir in einer halben Stunde gleich wieder damit beginnen! Also, ich warte das alles erst einmal ab!"

Und lehnt sich gleich wieder in seinem Sitz zurück! Lorenz greift in das Seitenfach der Fahrertüre und fördert einen stabilen Eiskratzer hervor. Dann öffnete er vorsichtig die Wagentüre, um nicht zu viel Schnee hereinfallen zu lassen, steigt aus und schließt die Türe wieder vorsichtig. Dann begibt er sich zum Kofferraum und öffnet diesen mit einiger Mühe: es liegen vielleicht vierzig Zentimeter Schnee auf dem Deckel! Aus dem Kofferraum nimmt er einen ebenfalls sehr stabilen Handbesen mit langem, hölzernem Stiel und stapft jetzt im kniehohen Schnee nach vorne. Er hebt die Scheibenwischer von der Scheibe und beginnt, mit dem Besen den Schnee von der Windschutzscheibe und von der Motorhaube mühsam abzukehren! Von drinnen verfolgen die drei Insassen seine Tätigkeit und, wie sie bemerken müssen, es ist eine echte Sysiphus-Arbeit! Kaum hat Lorenz den vorderen Teil des Wagens vom Schnee befreit, sind Scheibe und Motorhaube bereits wieder komplett verschneit! Irgendwie lustlos geworden, fährt Lorenz noch einmal kurz mit dem Besen über die Seitenscheiben, tritt den Schnee neben seiner Fahrertüre etwas zusammen, öffnet seine Türe, nimmt in seitlicher Haltung Platz und klopft sich die Schuhe ab. Nachdem er auch seine Kleidung grob vom Schnee abgeputzt hat, dreht er sich in gerade Position und schließt die Türe. Er keucht noch etwas von der Anstrengung. Skiffo dreht sich ihm zu und meint mit einiger Ironie:

„Lorenz, Lorenz! Also, Sie werde ich mit Sicherheit nie als Hausmeister engagieren: Sie können ja nicht einmal ein kleines Auto vom

Schnee frei machen, geschweigen denn den 100 Meter langen Gehsteig vor meiner Villa!"

Lorenz versteht Spaß und alle vier müssen daraufhin lachen! Beata holt nun ihre Trage-tasche mit Süßigkeiten unter dem Sitz hervor und reicht die letzten Schokoriegel herum! Die Stimmung hebt sich merklich und trotzdem hängt eine eigenartige Spannung über dieser Gemeinschaft von Schuldigen!

****

Als alle Süßigkeiten vertilgt sind, schluckt Lorenz noch einmal und meint nachdenklich:

„Also, Freunde, um unsere heute vorgetragenen und vielleicht erleichternden Geständnisse nochmals kurz durchzugehen, und das liegt mir doch sehr am Herzen: Bea hat ihren Freund einwandfrei in Notwehr getötet, nicht?" Alle drei nicken zustimmend! „Unser Dieter hier hat in einem Anfall von Enttäuschung und Verletzung seine Lebensgefährtin - meiner Meinung nach verständlich - erstochen! Auch klar?" Wieder kollektives Nicken! „Skiffo hat so gehandelt, wie viele andere auch gehandelt hätten, nach Jaimes furchtbarer Attacke auf seine Silvie! Mit solch einer Tat muss man sich nicht abfinden und Skiffo war derart aufgebracht, dass er seinen Schwur, es diesem Jaime ordentlich heimzahlen zu müssen, wahr gemacht! Auch ok?"

„Richtig, Lorenz, richtig!" hörte man es murmeln.

„Und," fährt Lorenz nun fort „für mich und die unbeabsichtigte Tötung dieses Schwarzen Mbinna? Ich musste eigentlich Tag für Tag damit rechnen, dass es einmal zu so einem Eklat kommen konnte! Durch diese blödsinnige Geldgeschichte hatte doch dieses Baby den Vater und die Frau ihren Mann verloren! Aber wie ihr ja gehört habt, er wollte erstens nicht zahlen und zweitens hatte er mich ohne Vorwarnung von hinten attackiert! Übrigens: der Schwarze war sehr wohl der gesuchte Mbinna Ganoyi! Und hätte ich nicht so rasch reagiert, ich wäre mit anzunehmender Sicherheit heute gar nicht hier bei euch, klar?"

„Bingo! Richtig!" ruft Skiffo leise und die anderen stimmen ein.

„Das hört sich ja an, als säßen hier vier Schuldige, die durch das Unwetter an der Flucht gehindert sind, oder?" fragt Beata und versucht, durch die Windschutzscheibe etwas auszumachen: erkennen allerdings kann sie nichts! Alles ist komplett zugeschneit! Sie lehnt sich mit den Ellenbogen das Armaturenbrett und fragt leise:

„Denkt ihr, meine lieben Freunde, dass das alles nur ein Traum sein kann? Niemand wünscht sich doch so etwas, oder? Und solche Unfälle, solche Missgeschicke oder Spontanreaktionen, von denen hört man doch nur in einzelnen Fällen! Aber doch nicht so konzentriert und wie hier, gleich im Vierer-Pack?"

„Ja, und noch dazu" fällt Dieter ein „gibt es in allen vier Fällen kein Verfahren, kein Urteil und keine Sühne!"

„Naja," mischt Skiffo sich nun ein „überlegt doch noch einmal: alle vier Opfer waren doch eigentlich selbst schuld an ihrem Unglück, nicht? Und ihre schlimmen Taten, die wurden gesühnt, nämlich durch uns! Ob das nun dem

Beichtvater gefällt oder nicht: wir sind bei Gott keine schlechten Menschen, oder irre ich?"

Beata streckt sich gähnend und fragt:

„Hey, Skiffo! Ob nun Beichtvater oder nicht: gibt's noch etwas in der Bottle für eine arme, alleinerziehende Mama?"

Und noch einmal macht der Flachmann die Runde!

„Also, Herrschaften!" kündigt Lorenz nun an „Bis dieser Wahnsinns-Stau sich auflöst, also, ich meine, bis wir dann endlich losfahren können, das wird sicherlich noch ein Weilchen dauern! Wir können noch ein kleines Nicker-chen machen und wenn's dann losgeht, werden uns die hinter uns Wartenden schon mit ihrem Gehupe aufwecken, ok?"

Somit nimmt jeder der Vier eine mög-lichst bequeme Sitzposition ein. Die betäubende Wirkung des Alkohols beginnt einzusetzen und schon bald ist es still, sehr still im Wagen…

****

Die Abendnachrichten bringen unter anderem folgende Schreckens-Meldung:

Eine furchtbare Entdeckung machten heute Abend Autofahrer auf der A1 zwischen Bramsche und Holdorf: nach dem Abschluss der Räumungsarbeiten nach einem schweren Unfall und einem ca. viereinhalb Stunden andauernden Stau begann sich die Wagenkolonne nur langsam aufzulösen. Ein Wagen jedoch fuhr nicht an. Autofahrer kümmerten sich um das Fahrzeug, dessen Motor lief. Die Helfer öffneten die Türen und mussten entsetzt feststellen, dass in dem Wagen vier bewusstlose Menschen saßen: drei Männer und eine Frau. Der per Helikopter angeforderte Not-Arzt konnte die Frau wiederbeleben. Mit einer schweren Monoxid-Vergiftung wurde sie per Heli ins Krankenhaus überführt und ihr Leben konnte gerettet werden. Für die drei Männer kam jede Hilfe zu spät, sie waren noch im Fahrzeug verstorben. Bei den Toten handelt es sich um einen 51-jährigen Verkaufsdirektor, einen 64-jährigen Chef-Biologen und einen 26-jährigen Musiker. Überraschenderweise identifizierten die Beamten den Chef-Biologen als den des Mordes an seiner Lebensgefährtin verdächtigten Dieter Mündten. Bei der geretteten Frau handelt es sich um eine 37-jährige, alleinerziehende Mutter. Der Notarzt stellte fest, dass

die vier voraussichtlich durch eine Kohlen-
Monoxyd-Vergiftung bewusstlos geworden
waren. Sie hatten, wie viele in dem Stau warten-
den Autofahrer auch, eine Heizungs-Gemein-
schaft gebildet, um Treibstoff zu sparen.
Möglicherweise hatten die vier zu viel von den
im Stau abgegebenen Auspuffgasen eingeatmet.
Als möglicherweise beschleunigend für den
schrecklichen Verlauf dieses Dramas könnte
auch Alkohol mit im Spiel gewesen sein: auf
dem Fahrzeugboden unter den Sitzen wurden
drei leere Taschenflaschen Whiskey gefunden.
Das Fahrzeug wurde beschlagnahmt und zur
technischen Untersuchung in eine Werkstatt
gebracht.
Im der afghanischen Hauptstadt Kabul
verhinderte ein..."

Die technische Untersuchung des Fahrzeuges erbrachte folgendes überraschendes
Ergebnis: an dem untersuchten Fahrzeug wurde
ein durch einen höchst seltenen Materialfehler
entstandener Riss an gleich zwei der Auspuff-
Krümmer festgestellt. Durch diesen Riss ge-
langten giftige Auspuffgasse in den Motorraum
und von dort über die Heizungskanäle in den
Innenraum des Wagens. Und mit der Zeit führte
dieser Austritt der giftigen Gase zur langsamen,
unbemerkt gebliebenen Anreicherung des
Blutes der Insassen mit Stickstoff. Dies musste

schon seit längerer Zeit den Fahrzeuginsassen Kopfschmerzen bereitet haben. Und durch den fehlenden Fahrtwind hatten diese Gase unglücklicherweise bei dreien der Insassen zum Erstickungstod geführt...

****

Auch das gibt es von O. F. Schwarz:

Mord war mein Geschäft
Kriminalroman
ISBN   9 783751950138
E-Book 9 783752651621

Klinik des Grauens
Thriller
ISBN   9 783752648805
E-Book 9 783752656701

Stirb unter meinem Eichenblatt
Kriminalroman
ISBN 9798818443232

Die Müllberg-Millionen – Hölle gegen Himmel
ISBN 9 783757829834

Kokain – deine letzte Straße
Thriller
ISBN   9 783757851866
E Book 9783758377808

Vinzent – Heilende Hände
Roman
ISBN   9783759731036
E-Book 9783759782526

■■■■■■■■■■■■■■■■■■■■■■■■■■■■■■■■■■■■■■■ ■ ı

173